LE DERNIER ROI D'ANGKOR

DU MÊME AUTEUR

Chez Grasset

VILLA ZAOUCHE, 1994.
TOUT EST FACTICE, 1995.
MISSION AU PARAGUAY, 1996 ; La Petite Vermillon, 2009.
LE FILS DU FAKIR, 1998 ; Livre de Poche, 2001.
JE SUIS DANS LES MERS DU SUD, *sur les traces de Paul Gauguin*, 2001 ; Livre de Poche, 2003.
LA CONSOLATION DES VOYAGES, 2004 ; Livre de Poche, 2006.
IL FAUT SE QUITTER DÉJÀ, 2008 ; Livre de Poche, 2009.

Au Dilettante

ZONE TROPICALE, 1988.
TRISTE SIRE, 1992.
LES BEAUX HORIZONS, 1997.
SUITE INDOCHINOISE, 1999 ; La Petite Vermillon, 2008.

Chez d'autres éditeurs

CAPITAINE, Flammarion, 1991.
AFFAIRES INDIGÈNES, Flammarion, 1992.
MARDI À PUERTO-AZUCAR, Les Équateurs, 2005.

JEAN-LUC COATALEM

LE DERNIER ROI D'ANGKOR

roman

BERNARD GRASSET
PARIS

ISBN 978-2-246-69651-3

« On fit comme toujours un voyage au loin de ce qui n'était qu'un voyage au fond de soi. »

Victor SEGALEN

1

J'avais conservé l'appartement de Maman, quartier Bel-Air, à Paris, douzième arrondissement. Un gentil trois pièces tout en longueur dans un immeuble en brique rouge des années trente, assez cossu. Des caoutchoucs égayaient une entrée où le carrelage arborait des figures stylisées de vagues et d'étoiles ; il y avait des boiseries cirées tout au long des couloirs. Dans un angle du hall, face à un miroir, une Minerve en plâtre trônait, magnifique, sur son socle.

Au cinquième étage, derrière une porte rouge foncé, le salon lambrissé faisait, après un vestibule garni d'un guéridon et de tableaux, un angle droit. Sa fenêtre panoramique surplombait les platanes du boulevard de Picpus et la ligne de métro aérienne. Les deux chambres du fond ouvraient, elles, sur une cour, flanquée d'une fontaine que les reflets des vitres, par ricochets, incendiaient aux beaux jours. Sur les immeubles proches, des stores en toile de couleur ou des balcons fleuris ajoutaient aux façades quelque chose de balnéaire. Du vent poussait parfois jusque-là une rumeur océanique – c'était le bruissement des feuillages du bois de Vincennes qui mourait sur les trottoirs.

Hormis le roulement du métro auquel on ne pensait plus tant l'oreille s'habituait, le boulevard de Picpus, dédaigné par les voitures qui lui préféraient les diagonales de l'avenue Daumesnil et celle de Saint-Mandé, se révélait plutôt vide et silencieux. Les passants semblaient faire de la figuration. Tant mieux. Il nous plaisait en lisière de Paris d'être déjà à l'écart de la ville…

Depuis longtemps mon père, qui se voulait artiste, avait décampé. Justement par cette station sous la fenêtre du salon. Un soir de juin, alors que les hirondelles affolées par l'orage jetaient leurs pointillés d'ailes dans l'air électrique, il avait pris sa palette, sa valise en toile cirée et jeté son imperméable mastic en travers du bras. Un ticket de métro lui avait suffi pour s'éclipser de nos vies. Durant quinze ans, en solo, Maman fut pour nous exceptionnelle. A sa mort, j'héritai de Bel-Air.

J'avais toujours aimé ce quartier qui, de son ancienne colline, rayonnait autour de la place monumentale aux huit lions : l'église moderniste, le glacier italien, les bouquinistes, les quelques immeubles Art déco et les contre-allées. Et, plus bas, près de la chapelle Sainte-Radegonde, ces quatre rues pentues, anciens passages à charrois, qui basculaient vers l'est. L'ancien chemin de fer pour la Marne était depuis une Promenade plantée.

A certaines heures du jour ou à la demi-saison, Bel-Air reprenait ses airs confits et nonchalants de province qui lui donnaient son charme et un peu de romanesque. Il suffisait de prolonger jusqu'au boulevard, de dépasser l'ex-musée des Colonies et son allée de palmiers barbus, pour atteindre les bois et canoter sur le lac. La capitale ronronnait au loin, derrière les chalets, les barques et le rocher factice du Zoo. Comme des murailles, les boulevards Soult et Poniatowski fondaient dans la rouille et le violine du crépuscule.

C'était en mai. Bel-Air était plein de ramures et d'oiseaux. Hélène avait trente-six ans et moi, trente-huit. Chacun de notre côté, après avoir erré dans nos vies sentimentales, nous étions prêts, je crois, à construire quelque chose. A la réflexion, la situation et notre âge avaient joué pour beaucoup : au retour d'un séjour à Rome avec des amis communs, nous n'avions plus voulu nous quitter, nous nous étions précipités et, accélérant les choses, nous avions emménagé ensemble. L'euphorie du début, qu'un baiser fou avait déclenché au pied de l'escalier de Trinita dei Monti, parmi des vendeurs de fleurs et des nuées de Vespa, devait s'émousser vite.

Contrairement à mes attentes, Hélène ne s'était jamais plu dans le douzième arrondissement. A l'usage, elle avait trouvé l'appartement trop loin de son travail, de ses parents qui habitaient près de l'Ecole militaire, de sa sœur et de ses amies.

– Trop loin de tout, répétait-elle, comme si elle avait pressenti l'impasse où nous nous étions engouffrés.

Et puis, dès le début de notre histoire, Hélène m'avait avoué son désir d'enfant. Mais ce bébé n'arrivait pas. Tout le monde en avait autour de nous. Sa sœur. Julie, sa copine. Christelle, comblée par ses jumeaux. Bientôt, ce manque la dévora.

– A peine quelques années… Disons cinq, six au mieux.

Suite à plusieurs examens, les médecins ne nous trouvèrent rien, même si certains taux restaient bas. La cause pouvait n'être que psychologique. Inexplicable, donc.

– Rien ne presse, ne vous braquez pas, conseilla un professeur.

Du temps passa, justement, qui n'arrangea rien, au contraire : deux cents dimanches pareils, moins drôles, moins tendres, grignotés par les reproches, les moqueries, les silences. Sur le calendrier des Postes dans la cuisine, Hélène surlignait les périodes fertiles. Son cycle était notre compte à rebours.

– On sort ce soir ?

– Non, rappelle-toi, parce qu'il faudrait... Restons pour un verre à la maison, j'ai acheté du vin des Abruzzes, celui que tu aimes.

On en riait, au début. J'en plaisantais. Était-ce si capital ? Mais, à chaque résultat négatif – la case restée neutre sur le marqueur –, Hélène se montrait de plus en plus hostile. Elle en perdit sa bonne humeur et la moitié de son sommeil, remâchant notre avenir poisseux comme de la glu.

A force, nous en parlions encore mais sans jamais nommer le manque, l'attente, cette fissure en nous. Il était ce « blanc » dans nos conversations, notre refrain terrible. Nous étions comme ces fauves du zoo de Vincennes qui, dans leur cage minuscule, tournent de la grille au mur et du mur à la grille, cherchant un passage indéfiniment, pattes limées, peau crevée jusqu'à l'os. Prisonniers sans issue.

– A mon âge, Lucas, c'est maintenant ou jamais ? Tu peux comprendre ça ?

Elle était devenue quelqu'un d'autre. Son traitement hormonal la rendait irritable, imprévisible, les tranquillisants l'assommaient. Hélène avait beau se faire amoureuse les soirs fatidiques, je n'y arrivais plus, obsédé par cette case à colorer.

– Raté. Juin, juillet, août : rien.

Un deuxième automne.

Pour nous étourdir, nous allions nous réfugier en Bourgogne chez des copains ou poussions à bord de ma Volkswagen jusqu'à Mers-les-Bains, dans la Somme, où sa famille possédait une villa à clochetons, charmante et abîmée par les embruns. Une maison bien agréable mais qui, envahie de nièces et de cousins piailleurs, lui devenait vite insupportable. Nous fuyions alors, prétextant un rendez-vous, un article à rendre, n'importe quoi. Paris revenait en sens inverse derrière les vitres salies. Dans les pièces sonores, nous retrouvions cette absence. Notre condamnation au malheur envahissant. Hélène devenait muette.

Troisième hiver.

On avait depuis changé de médecin, de régime alimentaire, de laboratoire, de médicaments, de marques de test. En bas, les rames du métro continuaient à chuinter sous le froissement des flocons qui poudraient les voitures. Les arbres dénudés imitaient des points d'exclamation. Le monde tournait sans nous, insensible à notre quête.

Le soir, rentrée du travail, grignotant à peine, Hélène s'effondrait sur le lit, les deux mains à plat sur son nombril, dans une position de supplique et d'attente, tournant vers moi son visage implorant, insupportable. Ou bien elle se lançait dans d'ahurissantes recherches sur internet, des sites médicaux, laboratoires et cliniques, en France, en Espagne et au Brésil, puis passait des heures au téléphone avec sa mère, sa sœur, ses amies, parlant de moi en chuchotant et de nous sous des mots codés, quand elle ne se barricadait pas dans la salle d'eau, prolongeant un bain qui la soustrayait de tout, la rayait du monde, l'anesthésiait. Elle y flottait sous le plafonnier éteint, *le ventre vide.*

– Tu es là ? Réponds ! Tu vas fondre !

En réponse, parce qu'elle tournait encore le robinet, une langue de vapeur s'insinuait sous la porte, imbibant la moquette.

Et si, en électrochoc, nous repartions à Rome, « notre » ville de pins parasols et de terrasses ? Non, elle s'en fichait comme d'une guigne. Elle avait oublié le grand escalier ébloui de lumière, le jardin Brandini, la statue de l'empereur Constantin en morceaux dans la cour du musée – une main, un pied énorme, une tête de deux mètres auprès desquels nous posions en Lilliputiens – où nous nous étions murmuré des choses tendres. Comme elle avait oublié tout autant le coin du Trionfale, notre pension de famille au Testaccio où nous avions filé ce parfait bonheur sur le balcon aux glycines, la ville éblouie de soleil étalée devant nous, grillée de chaleur, railleuse de klaxons et d'étourneaux volant haut, nous jurant alors de ne plus jamais nous quitter, et de revenir ici ensemble puisque nous avions jeté des pièces de monnaie dans les fontaines de marbre pour cela.

Enfin, ce fut notre dernier printemps. L'odeur franche de la terre et des feuilles vertes partout dans les ruelles, l'air pétillant qui enivre à chaque goulée lorsque les carrefours se font plus ventés et plus lumineux que les ponts des bateaux, n'étaient pas pour nous. Dans les squares, les cris des enfants nous trouaient comme des fleurets. Nous redoutions les bassins du Luxembourg, les bacs à sable de Montsouris. Nous contournions les rues aux écoles, les garderies, les magasins de jouets.

Dépression. Hélène serait mise en congé-maladie de son poste de traductrice à l'Unesco.

– Je vais me coucher, je suis morte, ce n'est pas la peine de te faire un dessin : *je-suis-morte*.

Comme si je l'avais moi-même condamnée.

En solo, pour tuer ces soirées cafardeuses, guettant à mon tour ce sommeil rétif, je restais des heures à visionner dans le canapé des films asiatiques dont j'avais la passion. Rien ne me plaisait plus alors que ces lents travellings dans les nuits de Hong-Kong ou de Shanghai, villes imprévisibles et rouges, ou en images lancinantes et scandées, ces bars embrumés où luisaient des néons acides, ces dancings violents de musique, ces courses-poursuites entre mafieux sur des échangeurs déments ou bien ces promenades ralenties dans les forêts de bambous, sur les bords d'un lac noyé de nénuphars et de liserons d'eau. Jusqu'à cette moiteur de la mousson qui perlait aux lèvres des jeunes filles et, à la descente d'un taxi japonais ou au pied d'une échelle de secours dominant la baie de Manille, ces femmes en robe-fourreau, à la nuque si fragile, la bouche comme un fruit, prises dans la pénombre sur un air de tango, de bossa-nova ou de piano las... Tout me plaisait, me rassurait. Quelle était donc cette existence pleine, incompréhensible et inatteinte, qui bruissait sans moi ? Ces vies que nous aurions pu vivre, au milieu de ces gens que nous aurions pu rencontrer, dans des quartiers inconnus qui auraient pu être les nôtres, et qui à eux tous formaient aussi le monde ? Je réenclenchais dix fois l'appareil sur tel ou tel passage, zoomant sur un visage, ralentissant une scène, traquant entre deux plans le fugace sentiment d'une adéquation au présent, au réel... A force, ma fenêtre panoramique voulait bien s'assombrir, les immeubles du boulevard s'éteindre un à un, et alors que le quartier chavirait dans la nuit, le dernier métro glissait telle une chenille lumineuse sous le halo des réverbères. Dans cet abandon, je m'entendais respirer contre la cloison derrière laquelle Hélène pleurait dans son demi-sommeil, abîmée par les médicaments. A chaque bouffée de ma cigarette, dans la lueur du tison, mon visage, pris au reflet de la vitre, montrait un teint cireux, des yeux blancs. J'étais monstrueux.

*

Un matin, alors que je m'apprêtais à partir en reportage, je me lançai, ayant mûrement réfléchi. J'étais sur le pas de porte, je tentais de la garder contre moi. Hélène se dégagea, me repoussa.

– Dis-moi, il y a une solution assez banale aujourd'hui : pourquoi ne pas adopter ?

Elle comprit que je renonçais à notre projet. Hélène m'aurait giflé pour ce manque de foi. Sa réponse fut disproportionnée.

– Tu n'y penses pas *sérieusement* ?

– Pourquoi non ?

– Je te le répète : je *peux* en avoir un. Et toi aussi.

On en resta là.

Trois mois plus tard, par asphyxie, la séparation s'imposa. Elle se réfugia chez sa mère, « *histoire de faire le point* ». Puis ne voulut plus revenir.

A sa demande, je lui déposai son sac d'affaires et sa grosse valise sur le palier de Bel-Air. Hélène vint les chercher en taxi. Elle monta les étages, ne sonna pas, je n'ouvris pas la porte, j'avais la main sur le verrou. Elle hésitait, piétina. Puis, ralentie par le poids, redescendit vers le porche où la lumière du jour allait l'éblouir. Hélène jeta son double de clés dans la boîte aux lettres.

Je ne cherchai pas à l'apercevoir par la fenêtre, petite et courbée sous les platanes de Picpus.

Table rase. Je fis refaire en partie l'appartement. Un menuisier, un électricien, deux peintres opérèrent chacun leur tour. Je mis en vente la Volkswagen qui nous avait emmenés partout et cédai chez un libraire bibliophile quelques caisses d'ouvrages napoléoniens que j'avais hérités de mon grand-père. Je réaccrochai au mur du salon la toile d'André Maire, un « *Angkor* », lui ayant appartenu. J'allai jusqu'à vendre quatre ou cinq pièces du mobilier pour acquérir une paire de fauteuils Eames, un lampadaire, une console, un tapis marocain. J'installai mon bureau dans ce qui aurait dû être la chambre d'enfant.

C'est à cette occasion, dans ce besoin d'ordre et de renouveau, que je remis la main sur des choses empaquetées dans du papier bulle – six larmes d'un lustre en cristal, de petits cadres dorés, une boussole de capitaine, un carton peint de deux nuages rosés signé Tanguy –, et des souvenirs de famille que Maman avait conservés dans des boîtes à chaussures, taille 38. Des lettres, des coupures de journaux, des invitations à des vernissages, des coupons de garantie pour des appareils obsolètes, des prospectus de stations de sports d'hiver ou d'appartements en lotissement sur la côte d'Azur, ainsi que des carnets avec des dates, des listes, des comptes, des noms qui eux-mêmes avaient vieilli au dos de bristols, Yves Marsan, Roger Eustache, Pierrette Dauphin, Célestin Grall, attaché commercial aux Établissements Kraft-Couderc, Blaise et Denise Perlet...

Quelques mèches de cheveux dans des enveloppes cassantes, les nôtres.

Un chapelet bénit à Lourdes lové en vipère dans son étui.

Un lot de cartes postales, serrées par un élastique, pour des vacances évaporées, août 1952, Pentecôte 1953, Ascension 1955.

Des clés qui n'ouvraient plus rien.

Un plan de Budapest plié en seize, où certains sites avaient été cerclés au crayon : le salon de thé Gerbeaud, le cirque Fovarosi, les Bains Palatinus.

Trésors infimes, broutilles extraordinaires des vies passées dont on ne comprenait plus rien.

Il y avait aussi ces deux albums noirs à spirale que je croyais être à Antibes, chez Virginie, ma sœur. Après quelques photos collées au carton – la plage, un jardin, une route, une voiture –, je reconnus le sourire délicat et triste de celui qui, parmi nous, du temps de la maison Boissier, à Viroflay, à trente-cinq ou quarante ans de distance, avait été un enfant rare et, lui aussi, très attendu. La légende au crayon mentionnait : *Saint-Martin-le-Désert, 1964.* Bouk se tenait bien droit parmi des bonnes sœurs en coiffe, crucifix d'acier sur la poitrine, et un groupe de communiants en aube, sages et peignés.

Cette époque me sembla être alors une île inouïe et apaisée dans le temps. Qu'était devenu ce gamin d'origine asiatique ? Qui avait-il été ? Au milieu de troènes, il gardait le visage de l'enfance, la nôtre, avec ses minutes radieuses, ses heures inexplicables. Sans l'avouer, même si toutes ces années l'avaient gommé, il n'avait cessé de me manquer, de me hanter. Mes mains tremblaient sur ses photos dentelées. A chaque page noire, je remontais vers un silence plus ancien, enfoui, vers ce gosse-météore, soudain coupable des jours sans lui. Pharaon sous le sable.

2

Il était plus âgé que nous, de quatre ou cinq ans peut-être, et régulièrement, alors que nous rendions visite à notre grand-père, à la maison Boissier, près des bois de Viroflay, nous retrouvions cet enfant timide, au teint cuivré. Je devais apprendre qu'il était cambodgien, natif de la région d'Angkor. Papé l'avait pris en parrainage. Il s'appelait Louis Noël. Nous disions familièrement « Bouk ».

Par l'un de ces tours de passe-passe dont les familles bourgeoises sont coutumières, il nous revenait aux anniversaires, aux fêtes, voire à chaque occasion. Et, réapparu au terme de son énigmatique trajectoire, Bouk se concrétisait de nouveau là, appliqué et discret, dans le couloir, le jardinet aux agapanthes, l'escalier au tapis cintré de barres de cuivre, le plus souvent assis dans l'un des fauteuils du bureau, feignant d'être absorbé dans les pages économiques du *Figaro* dont, avec effort, il explorait alors la fourmilière des chiffres… Que, si jeune, ce môme se préoccupât de ce genre de faits, et que mon grand-père le laissât agir de cette façon dans son bureau – homme d'affaires, c'est de ce mini-quartier général qu'il lançait ses ordres à travers le monde au moyen d'un téléphone à bakélite aux touches clignotantes – lui avaient accordé à nos yeux une sorte d'impunité, son sauf-conduit, comme au joueur chanceux du Mille-Bornes les cartes *« As du volant »* ou *« Véhicule prioritaire »*.

Pourtant, à y repenser, Bouk devait plutôt se cacher derrière les feuilles du journal qui, sous le courant d'air de la fenêtre, frémissaient comme des palmes. Lorsque nous débarquions en groupe et qu'il était seul, les courbes d'investissement et les ratios lui servaient de paravent, et les bilans des entreprises de cotte de mailles. Chevalier sans bannière, Bouk était à vif derrière ses créneaux de papier.

Ce n'était ni un frère réel, ni un cousin par alliance, pas même un parent. Juste un « protégé », comme nous le répétions, les soirs de doute, pour nous en préserver un peu. Sa présence parmi nous, si elle nous fascinait, nous déstabilisait tout autant, mon frère Filou et moi. Nous admirions ce garçon comme un aîné magique.

Qui était-il ? Un prince exilé et de quel royaume englouti, un banni ? Nous étions naïfs et versatiles comme des enfants, graves comme des enfants. Car si nous nous montrions un peu jaloux de ce garçon qui nous surpassait en tout, en force et en âge, en taille et en mystère, sa présence jetait du coup un doute sur la nôtre : s'il était orphelin, peut-être l'étions-nous aussi ? Pourquoi ce nom absurde de Louis Noël ? Pourquoi pas Marc Pentecôte ou Gabriel Toussaint ? Qu'y avait-il à taire ou à partager ? N'étions-nous pas nous aussi, avec nos yeux en amande, nos pommettes hautes, au cœur d'un complot dont nous pouvions être les victimes, les coupables ?

Non sans cérémonie, nous déjeunions le dimanche dans la salle à manger de la maison Boissier, sous les miroirs ovales et parmi les chandeliers. Comme de coutume, ma grand-mère avait sorti l'argenterie, et les assiettes à motif luisaient sur la belle nappe en lin brodée de fleurs. On avait allumé le lustre aux pendeloques de cristal. Juchés sur de hautes chaises, nous montrions alors une humeur égale et un appétit solide. A la maison Boissier, il n'était guère d'usage d'évoquer ses problèmes personnels sinon pour s'en moquer ou pour convenir qu'ils étaient résolus. Il fallait faire honneur à nos grands-parents, jouer le jeu... Toutefois, au moindre flottement, à quelque contrariété, je sentais que quelque chose semblait sourdre, s'insinuer dans les interstices de la conversation, bientôt se propager tel un feu qui n'épargne rien. Un silence appuyé, un raclement de gorge, une hésitation sur un mot, une phrase coupée en deux, un nom inconnu... Et, dans ce cas-là, au fumoir où l'on prenait le café sous le regard de la panthère en bronze – un animal cambré et feulant posé sur la cheminée, gueule hérissée de crocs –, c'est à qui parmi les adultes trouverait la diversion – les facéties du chien Mozart, un Coton de Tuléar, l'idée d'une excursion, un programme de théâtre – afin qu'ensemble nous retrouvions le cours normal des choses, le maintien et le glacis qui nous seyaient. Nous ne voulions pas de l'haleine puante du malheur. L'eau se refermait.

*

Mes grands-parents vivaient à Viroflay, alternant plusieurs semaines par an avec un séjour à Menthon-Saint-Bernard, sur les rives du lac d'Annecy, à l'hôtel Splendid, ou en Charente-maritime, près de Royan, où ils possédaient une résidence secondaire. Ils étaient prospères mais sans ostentation. Mon grand-père, Georges, dit Papé, prenait parfois à Orly des Caravelle ou des

Constellation pour traiter des contrats – il se souvenait avec émotion, on ne sut jamais pourquoi, d'un Dewoitine 338 d'Air France, sur le réseau d'Orient. Mais il en revenait vite et, chaque fois, épuisé. Au fond, comme son épouse, Irène, native de Villeneuve-Saint-Georges, Essonne, il préférait sa tranquillité, cette distance marquée entre les autres et soi. Vivre en retrait sur les rives d'un lac, dans une villa cachée.

Tous deux avaient en commun le goût des meubles de style, des tableaux anciens, portaient très haut les plaisirs du jardin et de la serre, auxquels ma grand-mère ajoutait ceux de la cuisine, où elle excellait. Lui, ayant vite délaissé la voile et le ski nautique, entretenait une passion livresque pour le premier Empire. Il y avait englouti des sommes importantes et, par centaines, reliées pour la plupart, ses acquisitions, éditions françaises et étrangères, tapissaient les couloirs aménagés en bibliothèque. Autre fierté, il possédait aussi un gros poste Ducretet-Thomson dont la grande aiguille, sur un plateau cranté, l'emmenait vers des capitales étrangères : Stockholm, Budapest, Alger, Berlin, Moscou. Il aimait y écouter des voix inconnues parler dans la nuit et des musiques graves. Venus de loin, filtrant à travers l'espace et la nuit, les applaudissements faisaient derrière sa porte vitrée un brassement de galets.

La maison Boissier donnait sur l'avenue Narcisse-Diaz où, en contrebas, entre deux talus franchis par un pont à arches, passait la voie ferrée pour Versailles. Derrière, elle ouvrait sur l'orée du bois, zone forestière où trottinaient des animaux sans maître, des hommes sans âge, quelques couples illégitimes descendus de voiture, des sportifs obsédés. Les saisons voulaient bien passer par là, atténuées, au ralenti. Au plein de l'été, les arbres se multipliaient et les sentiers se dissolvaient sous les ramures et les buissons. Avec les pluies d'automne, la forêt sentait fort. L'hiver, des vallons nus et blancs comme des genoux moutonnaient jusqu'à l'horizon sous un ciel de zinc. C'était le décor de notre enfance française dans les Yvelines.

Construite par la famille après la guerre de 1870, occupée depuis par elle seule, nous étions attachés à cette maison Boissier qui avait vu naître et hébergé plusieurs de nos générations. A son tour, aux côtés de Mamie, dame efficace mais craintive, Papé y avait fait sa vie, sa collection et de belles affaires. Cheveux blancs coiffés en arrière, d'une prestance naturelle, ce bonhomme restait l'âme de la bâtisse. Tôt le matin, dans son bureau de la rue Saint-Marc, au cœur de Paris, il jonglait en compagnie de ses adjoints avec des titres, des placements et des escomptes mais aussi, via les ports du Havre et de Rotterdam, avec des chargements pour l'Asie, parfois l'Australie. Pourtant il n'avait qu'une hâte : rentrer à la maison. Dans le salon, il s'immergeait alors dans une brassée de journaux et ses livres napoléoniens, composant à l'occasion quelques poèmes, Baudelaire était son dieu. Après un tour aux bois, histoire de sortir le chien, il écoutait sa radio jusque tard dans la nuit. Il ne fallait pas le déranger durant ses retransmissions de concerts. On l'épiait dans son fauteuil grenat, savourant sa musique, yeux fermés, paumes vers le plafond. Son visage simplifié.

– Le « Philarmonique » de Vienne en direct, chuchotait-il, nous ayant aperçus dans l'entrebâillement de la porte.

Nous l'aimions lui plus que tout autre. Mais nous sentions bien que Papé devait être mélancolique derrière sa faconde. Il avait des rêveries profondes et des soupirs dans le vestibule, pareils à des trous dans lesquels il tombait.

La maison Boissier, vaste bâtisse en pierres meulières, restait notre havre autant que notre théâtre. Comme un navire insubmersible amarré devant les lignes du chemin de fer et les massifs de la forêt… N'y avais-je pas aperçu, surgi tel un personnage des coulisses, mon arrière-grand-père, un monsieur à chapeau et à moustache, flottant hiver comme été dans un manteau en laine ? Ancien marbrier dans un atelier de renom, Victor avait travaillé rue de la Chine, vingtième arrondissement, une adresse qui déjà nous ravissait. Il avait les joues grêlées d'impacts. En raison de son âge, il n'entendait plus grand-chose et était boiteux. Il parlait quand même, fort et longtemps.

– Je suis sourd d'une oreille et je n'écoute jamais de l'autre, marmonnait-il pour rire.

Outre les havanes et les chocolats à la liqueur, ses péchés mignons, il avait surtout plaisir à ressasser l'épopée de notre aïeul, un grognard de Napoléon, sergent-major dans la garde impériale. A l'en croire, ce parent avait gagné Moscou à pied lors de la campagne de Russie, en 1812, participé à la mise à sac de la capitale, emporté des chandeliers d'or, des épingles en nacre et des perles serrées dans un sac de toile avant de les jeter pour la plupart dans la neige, trop lourds, trop encombrants, inutiles surtout contre la terreur et la faim.

– D'ailleurs, s'il avait résisté, c'était moins à son moral d'acier que... grâce à une pelisse d'ours prise sur un baron balte, mort et plus que mort, de même qu'à un gilet à manches en soie fait avec les jupons d'une dame qu'il avait troussée, et plus tard en dévorant le ceinturon en cuir gras d'un camarade, c'était du veau… Enfin, lui et quatre mille autres avaient tenté de retenir les escouades de Russes de Koutouzov qui déferlaient sur leur arrière-garde, puis, reconnaissons-le, perdant leurs positions une à une, abandonnant le combat, par se joindre à leur tour à la débandade générale, où il fallait avancer aussi vite que possible, la chiasse et la trouille au ventre, et laisser les camarades effondrés, gelés au milieu des arbres et des chevaux morts, durs comme de la pierre au bout d'une demi-heure, les Russes égorgeaient à plaisir les survivants.

Puis il baissait d'un ton, comme s'il passait aux confidences.

– Oui, mes enfants, par moins trente degrés, il s'agissait des débris emmaillotés de notre Armée, ce qu'il en restait, la plupart d'entre eux avançant tels des somnambules, perdant des doigts sur le métal devenu collant des armes ou des orteils dans la nuit, formant vaille que vaille deux ou trois files de demi-cadavres qui s'étiraient sur cinq ou six cents kilomètres de neige, affamés, terrorisés, congelés, au mieux ressemblant à des soldats extravagants et à demi fous, au pire, selon les pillages, à des polichinelles, des tsiganes, des sortes de lutins, beaucoup ayant fini par revêtir n'importe quoi tant le froid était atroce, des vêtements de civils, de popes, de femmes ou d'enfants, le tout retaillé vite au sabre, autant d'épaisseurs que possible, et la vodka pour tenir, un carnaval tragique…

Victor avalait sa salive, jaugeait d'un œil son auditoire, puis reprenait, certain de nous tenir en haleine :

– Quelques milliers, disons quarante mille sur les cinq cent mille hommes du contingent, devaient tout de même parvenir à franchir ces deux ponts sur la Bérézina, à Studienka, un village dont les charpentes des isbas servirent de madriers pour les ouvrages, deux tabliers menaçant de rompre à tout moment au-dessus de la rivière qui charriait ses blocs de glace bleue, finalement en cavalant n'importe comment, tel un troupeau affolé sous le grésil, les lueurs des canons tirant sans arrêt de la colline, les charges des cosaques sabrant les retardataires, pour gagner la berge d'en face, la sécurité, une position alliée, loin des baïonnettes de Koutouzov…

Cloués dans les fauteuils, Filou, mon cadet, Bouk et moi, réécoutions une fois encore cette histoire. Elle avait déjà bercé l'enfance de mon grand-père, elle subjuguait à son tour la nôtre. Nous remontions les échelons du temps. Nous l'attendions.

– La Garde, l'Empereur !

Mots magiques !

– Rappelons qu'après la fournaise de Moscou qui, par son souffle, avait fait s'enflammer à dix kilomètres de distance son bonnet de loutre de grognard, l'aïeul n'était plus le même. Mais il s'en était tiré, voilà l'essentiel. La suite, vous la connaissez : il épousa une dénommée Perrine, la fille d'un avoué de Tours, riche mariage, car Victor avait conservé dans la doublure de ses bottes six plaques d'argent volées dans une cathédrale à bulbes, prise de guerre qui lui permit de s'établir.

Pour conclure, Victor sortait d'une bourse en cuir une balle qu'il fallait soupeser. Il répétait de façon rituelle :

– Voici quelque chose de plus modeste : vingt grammes de plomb. Elle n'a tué personne mais a fait le voyage à Moscou aller-retour dans sa gibecière.

La balle passait de main en main, hostie miraculeuse, puis retournait dans sa poche.

– Car si le bonhomme était rentré dans son manteau d'ours, la chemise bouffée de vermine, il avait conservé, tout soldat d'élite qu'il était, son armement, sabre-briquet et fusil modifié an IX. Et donc des balles. Et maintenant mes enfants, laissez-nous, nous passons au fumoir…

Plus tard, dans le jardin transformé, alors que dans nos jeux nous prenions chaque buisson pour un cosaque et que le puits au milieu des allées se faisait tourelle ou bastion, nous goûtions à ce trouble dont nous ne voulions plus sortir. Quelque chose nous happait qui nous mettait en nage et nous jetait hors de nous-mêmes ; nous étions gris d'énervement dans ce rêve éveillé. On ne s'entendait plus. Au soir venu, crier était impossible sous les nuages bas, un mot de plus attirerait la foudre, ses zébrures griffant le jardin noir. Nos vêtements avaient des crissements de feu. Nous étions tombés entre les pages d'un livre merveilleux qui nous élargissait. Nous décryptions des charges de cavalerie au froissement des ramures, des tirs d'artillerie dans le roulement du tonnerre. Derrière nous, la fumée du havane de Victor montait en volutes par la fenêtre entrouverte. Toutes ces histoires nous contenaient.

3

Même s'il faisait bon dehors, que l'air léger avait cette transparence dont de rares poussières végétales accusaient la profondeur, je me rappelle qu'il préférait parfois rester là-haut, indifférent à nos appels du jardin, prisonnier en son donjon au-dessus des flaques de lumière, du brouhaha, des pépiements dans le feuillage.

Bouk 1er. Bouk le Petit. Bouk le Grand.

Notre inconsolable.

Une fois, je l'avais surpris devant le poste en bois sombre du grand-père, penché, la tête collée au haut-parleur entoilé. De sa main gauche, il tournait, déplaçait le curseur sur les fuseaux horaires, les continents, les villes et les ports de l'Est. Que cherchait-il à capter, par le biais des ondes courtes, sinon un message qui lui était destiné ?

En me voyant, Bouk avait éteint le poste, confus.

– Tu ne diras rien ?

Papé nous l'interdisait. Je n'avais pas compris la langue pointue du speaker étranger qui perlait derrière lui. Bouk hochait la tête.

Quel âge pouvait avoir Louis Noël ? Onze ou douze ans, peut-être. Difficile à évaluer pour un enfant ramené en Europe avec d'autres réfugiés, des apatrides, sans doute par la Croix-Rouge internationale, au milieu des années cinquante, en pleine guerre. Et perturbé dans sa croissance.

Je ne pouvais interroger ceux qui l'avaient mieux connu. Mes grands-parents étaient décédés. Sur le prétexte d'assouvir sa vocation d'artiste peintre, mon père avait démissionné de son poste dans la banque internationale et, se prenant sans doute pour Gauguin, s'était déjà enfui vers le Sud et les nuages de la Méditerranée – il ne se souciait plus de nous depuis longtemps, moins encore de celui-là, ce petit Cambodgien incompréhensible, il n'avait jamais su qu'en faire. Quant à Maman, si fatiguée, diminuée, elle ne voulait plus ressasser les souvenirs de sa vie d'avant : la maison Boissier, le jardin, la serre, ses parents. Elle avait été folle de mon père, Tanguy, et avait cédé sur tout pour qu'il reste, lâche et amoureuse encore, de plus en plus fade, les épaules affaissées par son malheur, celui de ne plus lui plaire. Mais sitôt ses enfants débrouillés,

Papa, lui, s'était senti libéré des contraintes, du qu'en-dira-t-on, des obligations sociales, de la finance et autres foutaises. Il disparaîtrait... De temps à autre, on eut bien quelques nouvelles, des cartes aux anniversaires, quelques appels à Noël. Mais ses signaux n'appelaient pas de réponse. Dans son coin, barbu, en tee-shirt sale, calé au soleil dans un trou, Papa vivoterait pour lui, dans sa sauvagerie, bricolant près de Vence, au milieu de ses tableaux envahis d'altocumulus, de cirrocumulus et de cirrostratus, les nuages étaient sa passion. Heureux jusque dans la mouise, prétendait-il. Il s'effaça de nos mémoires, sanguine oubliée au soleil. A force, on ne disait plus *« Il y a une lettre de Papa »* mais *« Tanguy a écrit »*. On ne retient pas les nuées.

D'ailleurs, à l'époque, au moment de la présence de Bouk à la maison Boissier – une cinquantaine de week-ends parmi nous répartis sur trois ou quatre années –, ni mon père ni ma mère ne nous en parlaient volontiers ou seulement à demi-mot, cherchant à protéger cet enfant différent de notre curiosité maladroite. Nous étions trop jeunes, nous ne savions pas ce qu'il fallait dire ou taire. Et c'était mon grand-père qui, plus que mes parents, s'en chargeait à la sortie de Saint-Martin-le-Désert. Il s'agissait de bonnes œuvres, de la compassion pour son prochain, telle que nous l'enseignaient les dames du catéchisme. Pourquoi chercher plus loin…

Je gardais son image floutée dans l'odeur des lilas comme le détail d'une fresque ancienne que des mots nouveaux effaceraient plus encore. Et à force d'y penser, il ne cessait de resurgir en moi comme un demi-noyé remontant à la surface des eaux calmes. Bouk riait sans bruit, la main sur la bouche. Parfois il se volatilisait. Où était-il donc ? Il se cachait, malicieux, fondu dans la haie de buis, restant là, à retenir son souffle, derrière une porte entrebâillée ou dans la serre, parmi les râteaux, les échelles et l'engrais. Ou planqué dans le garage, sous la Vauxhall, entre les roues. Il ne voulait plus jouer avec ses petits frères blancs.

– Et si c'était un homme invisible ?

– Bouk ! Le fils de l'homme invisible !

On ne croyait pas si bien dire… Non, il se terrait plutôt dans le recoin de l'escalier, sans la minuterie, respirant par à-coups dans le noir ou, caché entre les portes de l'armoire de ma grand-mère, deux battants à miroir refermés sur lui, perdu dans son reflet multiplié.

Rattrapé, il redescendait avec nous, prisonnier libéré de lui-même, au jardin. Nos jeux reprenaient. D'un geste, avec trois mots, il savait planter alors un décor, amorcer une histoire merveilleuse et distribuer des rôles : ici une rivière, là, un fort, plus loin la jungle. Un bâton devenait épée ; un autre, une carabine, un *long rifle.* Voilà que nous chevauchions des mustangs transparents qu'une claque faisait détaler au triple galop… Sous son impulsion, nous devenions des acteurs, des explorateurs, parfois des tigres et des coolies, des spadassins, des gardes du corps et des bouviers révoltés, des loups et des mandarins perfides. Ce trou dans le sol se faisait barque ; cet arbre facile à grimper, un poste de vigie sur un galion en route pour les mines du Pérou. Chaque heure paraissait une éternité…

Ce garçon se révélait digne dans presque toutes les circonstances. Mais pas pour les bonnes raisons. Comme si, au fond, il n'espérait plus rien des situations qu'il avait à vivre ou plutôt que ce rien était devenu sa force, le roc où il prenait ses appuis. Il était un mort resté vivant. Un condamné en sursis, connaissant sa sentence. Il se prêtait donc à toutes les fictions, tous nos stratagèmes, nos compensations – tout ça n'existait pas pour lui. C'était un théâtre d'ombres où sa voix ne comptait que pour les répliques qu'elle avait à rendre aux autres.

A d'autres moments, plus rares, Bouk se trahissait par quelque impatience, un effroi marqué par un clignement des yeux, un tremblement, une crise de larmes, comme pour l'épisode de la montre Kelton (*« Vous vous changez, changez de Kelton ! »)* que lui offrit le Papé. Ce dimanche-là, sachant ce qu'il y avait dedans, on le lui avait fait deviner, il se précipita sur le paquet, arracha le ruban doré, souleva le couvercle où une silhouette stylisée d'un plongeur en bouteilles se détachait sur un fond bleu. Un boîtier en acier, un cadran aux chiffres verts, doublé d'une lunette crantée, des aiguilles phosphorescentes, un bracelet en gomme noire…

– *Waterproof* jusqu'à cinquante mètres !

Rien ne parut lui faire plus plaisir alors que ce modèle « Plongée » !

Bouk remonta le poussoir et porta le boîtier à son oreille. Enfin, ayant entendu son tic-tac, il fixa le bracelet à son poignet et tendit son bras à l'horizontale dans le salon, pivotant sur lui-même pour nous la faire admirer. Sous les lampes et le plafonnier, sa Kelton étincelait.

– Épatant !

– Te voilà un grand bonhomme comme les autres ! ajouta maladroitement mon père.

Phrase malheureuse que lui seul nota.

Une ombre rembrunit aussitôt ce fils de personne et, tandis que la conversation reprenait et que nous passions gentiment à table, Bouk se tassa dans un coin, abattu.

– Et alors, cette peinture, où en êtes-vous ?

– Je réfléchis à une nouvelle série de strato-cumulus, des nuages-galets, on les trouve dès 600 mètres d'altitude.

Il fallut l'appeler trois fois, Bouk arriva enfin, tête basse, renfrogné. Devant son assiette, après avoir déplié sa serviette, il ne lâcha plus un mot.

– Et la Bourse, Tanguy, plutôt optimiste ? Vous avez vu les Américains !

– Les marchés, notamment pour le caoutchouc, ne sont pas si…

– Servez-vous un peu de…

Échappant à notre mascarade, l'enfant qui n'avait pas touché son assiette éclata en sanglots, tête calée entre ses bras posés sur la table.

– Louis, en voilà des manières, qu'est-ce…

De grosses larmes gouttaient maintenant sur la nappe, au point que, dépassée par ce torrent, pleurnichant à son tour – *« ne te mets pas dans tes états pareils, allons, je suis certaine que ce n'est pas si grave »* –, ma grand-mère dut l'entraîner à la cuisine envahie par les fumets du canard à l'orange pour qu'il se reprenne, tamponne ses larmes avec un torchon, se recomposât un visage de fête. Le seul que nous voulions.

– Qu'est-ce qui lui prend ?

– La montre ?

On toussotait, patientant sous le lustre. Voulant reprendre la main, Papé tenta une diversion :

– A la veille des batailles, les soldats de l'Empire avaient coutume de revêtir leurs plus beaux uniformes. Lavés et rasés de frais, portant un anneau d'or de la taille d'une pièce de cinq francs à l'oreille, tambours en tête, ils s'en…

– Commencez donc, ça va refroidir.

Faisant écho aux fifres militaires, nos couverts tintèrent de nouveau dans la salle à manger où les tableaux nous observaient. Mais, cette fois-là, l'aile cendreuse des hiboux était bien passée sur nos têtes…

Hormis ces accrocs, Bouk affichait au contraire la plupart du temps, et sans trop d'efforts, une bonne volonté à toute épreuve, un décalage qui était de la timidité, et cette élégance lunaire qui ne lui appartenait pas. Son blazer bleu marine, sa chemise pâle à laquelle il nouait une cravate, enfin son pantalon au pli impeccable, nous impressionnaient. Comparé à mon frère et moi, il passait pour un petit monsieur. Pourtant, en dépit de sa diction prudente et de sa raie sur le côté, cet enfant maigre, si nerveux, flottait dans le costume prêté aux orphelins de Saint-Martin. Il appliquait la leçon des bonnes sœurs. Derrière ses sourires appuyés, on déchiffrait des couteaux, des éclairs et des précipices…

Et puis le fait que nous l'accueillions, que nous le traitions avec prévenance, redoublait sans doute son malheur, le lui faisait rendre et avaler, stigmatisant son état d'orphelin. A la mesure de notre affection, il ne pouvait que nous haïr. Peut-être aurait-il fallu le détester ou le négliger pour qu'il cherchât à nous aimer ? Et se sentir ainsi plus libre.

Au soir mauve, après avoir dorloté Mozart, Bouk redevenait Louis Noël et celui-là devait repartir, une poignée d'illustrés dans un sac plastique, un billet dans la poche. Il ne retournait pas au Cambodge, comme il nous arrivait de le penser, mais reprenait la route de l'orphelinat. A cinq heures sur sa montre, il rassemblait ses affaires, tendait sa joue cuivrée. La grille claquait derrière lui, signe du *Finale*.

J'entends encore l'automobile du Papé ronronner dans l'allée en gravier. Plus d'oiseaux dans la lumière déclinante mais cette rumeur grenue, un peu de brume, partout, qu'exhale la forêt proche, et le silence de la nuit qui, déjà, grignote le jour… Qui s'en va, qui reste, prisonnier de quoi ? N'irions-nous jamais chez toi, un jour, dans ce Cambodge de buée et de sucre, cette fable que nous réinventions ensemble ? Énervés, nous tournons au jardin tandis que la Vauxhall longe les massifs. Cette fois, tu hésites, cherches un appui, le mot de plus qui te tiendrait, te retiendrait. Mais non.

Louis Noël est seul à l'arrière, fragile sur la banquette de la voiture, seul comme un prince de sang royal dans sa limousine d'apparat, glacé.

Je te vois passer dans le reflet du pare-brise, décapité par le halo des lampadaires, si loin du pays des jambosiers et des forêts d'aréquiers, fondu dans le ciel bas, les platanes qui croulent.

Tu baisses la tête, déchu, ton sachet de bonbons Chokotoff sur les genoux, ayant perdu tes empires, tes batailles, tous nos récits qui te tenaient vivant à la maison Boissier, tous tes récits qui nous emportaient là où nous n'étions pas, multipliant nos rôles et nos personnages, ce merveilleux dont tu étais le héros et le petit médium.

La Vauxhall bleu nuit tourne dans le virage, feux rouges comme tes yeux, tu n'es plus ce dernier roi d'Angkor mais un orphelin au nom d'opérette poussé dans un corbillard de luxe. Par la lunette arrière, ému, tu nous adresses un signe de ta main, happé. D'autres enfants commandés au sifflet t'attendent derrière le mur où veille l'effigie de saint Martin, ce centurion romain qui coupa sa toge pour en donner la moitié à un mendiant.

Tu as disparu.

Nous retournons siroter le chocolat de ma grand-mère. Le chien geint entre nos jambes écorchées. Il n'y a plus de jeux ; le monde s'est refermé sous son couvercle. Nous respirons mal. Tout nous est misérable. On t'avait regardé partir.

4

Ceci pouvait aussi expliquer sa présence : il y avait chez nous, au sein de notre famille, un tropisme asiatique. Outre mon grand-père, qui traitait souvent des affaires avec des firmes de Hong-Kong ou de Manille – import de bois précieux, d'épices, de peaux, de produits miniers –, nous avions eu un grand-oncle du côté paternel, Ronan, un Breton, lieutenant d'infanterie coloniale. Au milieu des années trente, après deux mutations en Afrique du Nord, celui-ci avait été muté à Saigon pour y rejoindre un régiment de tirailleurs annamites.

Selon les ordres de l'état-major du Groupement Cochinchine-Cambodge, Ronan participa à diverses opérations sur le terrain. Durant ses permissions, il s'enivra surtout à chasser le tigre sur les plateaux de Dalat, à chevaucher en forêt ou, excellent rameur, à canoter dans les sinuosités du Mékong. Le jeune lieutenant aima tout de suite ce pays prodigieux de cédrats et de kapokiers, ces pluies furieuses, cette chaleur qui vous engourdit et vous berce, cet abandon de tout dans la touffeur qui exacerbe les sens et les détruit en même temps, jusqu'à cette résonance liquide qui fait battre le ciel à la fois vert et jaune, passant de l'opalin au noir profond. Il prolongea deux fois son séjour, enthousiaste.

Sur l'une des rares photos de lui, on le voyait sous des grandes palmes de bananier effleurant des toits tarabiscotés tirer une clope de son étui en acier et la porter à ses lèvres fines. Il parlait anglais, un peu viet, et breton avec le père de la Mission, un gars de Landerneau, amateur d'astronomie. Ronan logeait au quartier des ambassades dans une villa en stuc, louée avec un copain, Félicien Bréal, chef-mécano de l'aviation, amateur de virées. Ronan se plaisait à rouler la nuit dans une Citröen décapotable et, le paysage dans les phares, pousser jusqu'à l'estuaire. Entraîné par Bréal, il fréquentait les dancings du Cap Saint-Jacques où, entre les boys en veste blanche, il retrouvait sur les plates-formes éclairées de lampions des filles aux cheveux laqués, piqués de broches, aux tuniques de soie brodées de flamants roses et de camélias. Mais ce qu'il préférait, c'était les crépuscules sur les rizières, au milieu des buffles et des paysans aux dents noires, et les mangroves immobiles du Mékong qu'il réveillait comme un songe, et cette nuit même, au bout de la piste, pleine de chants et de silences, cette nuit couleur de papier bleu carbone où haletaient des étoiles, avec l'humidité partout, et la pente vers le fleuve qui buvait le monde des hommes et des choses, toute cette luxuriance…

Métamorphosé, Ronan finira par rentrer en France, bien obligé, par un vapeur des Messageries maritimes, *Ville d'Angers.* Mais une fois sur le quai de la Joliette, il serait dévoré à jamais par cette fièvre. Il regretterait ces heures d'Asie au parfum de pétard, de fleurs écrasées et de saumure, et tant pis si les amis d'enfance ne comprenaient rien, il n'était plus des leurs. Enchinoisé.

Après quelques autres régiments en province, il passa ses dernières années à Brest, chez lui, démobilisé. On racontait qu'il tuait ses soirées au Cercle militaire parmi des collègues à nuque rase, collés à la table sous la baie vitrée, au-dessus des bassins de radoub, buvant du café noir et fumaillant du gris. Il fallait le rattraper sur le pont de Recouvrance ou sur la route de la Corniche, mélancolique au-dessus du précipice, absorbé par les miroitements de la rade, les docks, les rails rouillés, les hangars, et ensuite, de flanc, à l'amarre, les cuirassés de la Royale à la coque numérotée.

Ronan restait taciturne, muet devant la mer couleur perle. Mains calées au fond des poches de son macfarlane, au-delà du ahanement des remorqueurs et du sifflement des sirènes, il guettait on ne sait quoi, à croire qu'il espérait un appel du large qui ne venait pas. Sous les pins de Laninon ou parmi les galets de la Pesée, il remâchait des morceaux de son autre vie défaite. Il se sentait exilé. Il marchait longtemps sur la grève avec une lampe-tempête. La pluie du large, forte et rinçante, le calmait un peu, dommage qu'elle fût si glacée...

Puis Ronan se maria, eut deux enfants, trouva de l'embauche dans une imprimerie jusqu'à la guerre. Arrêté sous l'Occupation, accusé d'appartenir au réseau de résistance « Ker » chargé de l'espionnage de la rade, il sera déporté en Allemagne. Ronan ne reviendra pas de Dora.

Dans l'appartement de la rue Victor-Hugo donnant sur le parc à chaînes, on avait conservé, en plus de quelques jades qui furent revendus, son uniforme au col cousu de deux ancres de marine et sa cantine militaire. Marquée au pochoir à son nom, elle contenait un casque colonial en sureau, un étui à pistolet, des guêtres usées, une pipe, des godillots, taille 41, usés par les ravines et les rivières, et ce carnet à l'écriture microscopique dont personne jamais ne déchiffra le propos. Il suffisait pourtant de déverrouiller les cadenas en laiton de sa malle, de saisir chaque objet pour en entendre les appels, d'y reconnaître le parfum de l'air tiède sur les vérandas blanches, des fruits suris, des épices et de la sueur, ce puissant désir d'aller confondu avec sa jeunesse.

Mieux encore… Grâce à des relations dans un ministère, Pierre, un cousin germain de ma mère, avait fini, lui, par s'établir à Dak Mil, au nord de Saigon, après un service militaire dans la Marine. Auréolé de son diplôme d'ingénieur agronome tropical, la compagnie Suchère lui confierait en location-gérance quatre cents hectares d'hévéas, de kapokiers et d'ananas, à quelques kilomètres de la frontière cambodgienne. En dépit de multiples péripéties, son entreprise vivoterait jusqu'à l'orée de la Seconde Guerre, dans les derniers feux de l'Empire. Les troubles puis les conflits autant que l'arrivée du caoutchouc synthétique achevèrent de le ruiner. Sa plantation fut démembrée ; ses équipes de coolies dispersées ; le matériel revendu à bas prix. Le bungalow tomba en ruines, le toit crevé, des arbres partout. On n'en sauva qu'une panthère en bronze que le Papé conserva en relique.

Arrivé au bout de son malheur et sa banqueroute, Pierre dut rentrer lui aussi en Europe, au milieu des années cinquante, dans la débandade de l'Indochine française. C'est à cette époque-là que Bouk apparaît dans notre famille : d'abord à l'écart de la maison Boissier, à Morangis, puis en parallèle, plus proche, enfin en invité régulier. Mon grand-père se montrait aux petits soins pour lui. Y avait-il quelque lien, une dette ou juste un geste charitable à travers cet enfant, pour ne pas tout perdre de cette rêverie asiatique ?

Pierre devait mourir en 1960 dans son pavillon de Meudon, entre la table en formica et la bibliothèque vitrée, à cause de son foie, des intestins rongés par les amibes et les miasmes – l'Indochine lui creusait des trous. Bien sûr, son désir aurait été de relancer son affaire. Il échafauda bien mille projets, du côté du Laos, planter de l'arabica sur le plateau des Boloven, puis en Malaisie. Papé tenta de lui trouver des capitaux. Mais la période n'était pas propice aux investissements, et pour cause ! Détruit par sa maladie autant que la tristesse, le cousin se laissera dépérir. Il traîna en région parisienne, fit des séjours à Plombières et à Vichy, ne se déplaçant jamais sans sa thermos à thé, un modèle chinois aux fleurs rouges, puis devint maigre et jaune. Un pauvre spectre qui, avalant ses mots, répétait à qui veut des histoires de jonques, de caféiers, les cinémas de Saigon où les femmes devenaient folles devant les écrans noirs et blancs où s'embrassaient des couples, parlant aussi de la saison des mangues, de la mousson comme d'un monstre tueur et renaissant, un monstre nécessaire. N'était-ce pas lui qui, traînant dans des savates et flottant dans son pongé de soie, n'aura cessé de jouer sur une flûte en bambou une douzaine de notes dans le frémissement des ormes ?

– J'ai tout laissé et c'est la jungle qui m'a volé, marmonnait-il. Elle a remplacé mes souvenirs de son rideau vert. Elle a croqué ma vie et mon bungalow.

Il avait la voix cassée par l'émotion.

– Et pourtant…

Alors quelqu'un, le prenant par le bras, le ramenait à la grande salle de l'hopital où, avec les autres patients, il attendait l'heure du plateau-repas en jouant au Scrabble. Dans les effluves de Javel du couloir, il méditait sur des voyelles et des consonnes posées sur sa réglette. Personne ne lui parlerait plus des arbres ordonnés de Dak Mil.

*

Je n'avais pas connu ces deux aînés. Ils étaient partis trop tôt et, de toute façon, je ne suis pas sûr qu'ils auraient été si bavards avec moi, je n'étais qu'un enfant. Mais leurs ombres et leurs histoires hantaient nos murs et nos mémoires, celles de nos parents comme les nôtres, nourrissant toutes nos légendes intimes, nos contes de tôle émaillée et de carton-pâte. Ils étaient nos victoires, notre sauvagerie retrouvée et la liberté splendide. A travers eux, c'était une invite à se relancer sur les pistes ruisselantes, à refaire sa vie, là-bas, dans la pulsion d'aller. Et ces deux-là, plus épiques que les autres, surexposés, n'en paraissaient que plus vrais. Sortis de l'existence pour embrasser leur destin.

Sur les photos des albums, l'un et l'autre ayant ce même visage osseux d'acteur de cinéma muet avaient fini d'ailleurs par se confondre au point que, sous l'œil du soleil entre les aréquiers, nous nous demandions s'ils n'étaient pas le même individu ou bien deux jumeaux poussés vers la Cochinchine, ses jungles, ses déluges et ses moiteurs. Les lointains mêmes. Une part en nous qui ne disait pas son nom. Nous aurions voulu les retrouver, les accompagner. Courir la Terre entière.

Oui, comment ne pas envier chez nos cousins, enregistrés sur les paquebots des Messageries, ce délit de fuite, leur échappée parmi les rizières, la basilique des forêts et le grognement rond des fauves ? Les voilà cheveux plaqués de Gomina, impérieux et débrouillards, sautant d'une Citroën à jantes blanches, un canon de fusil au creux du bras, le souffle mêlé aux lianes et aux racines. L'aventure !

Chaque fois que j'entendrais parler de l'Asie, il me paraîtrait me réveiller, toucher une part de rêve plus réelle que la réalité, des ailleurs qui m'appartenaient. Quel était ce théâtre où, libéré de moi, exalté par l'espace, j'aurais pu avoir un rôle à ma convenance ? Et qui était celui-là, jeté dans les rues grouillantes d'indigènes et de cyclo-pousses, franchissant un affluent du Mékong, sinon un autre moi-même, plus âgé et plus fort ? Sur leurs traces, s'ouvrait une vie dangereuse. Elle nous aurait rendus enfin à nous-mêmes.

Insidieusement, derrière sa bourgeoisie satisfaite, la maison Boissier jouait ce rôle d'incubateur. Car, sous son toit tranquille, derrière ses meubles lourds et ses parquets cirés, nos imaginaires y cuisaient au bain-marie. Parvenus à je ne sais quel degré d'ébullition, nous avions des visions, des rires et des larmes, une frénésie d'être et de partir. Là, entre les fauteuils et sur le tapis, nous étions déjà happés par une autre dimension… Tout y concourait : les laques sur le guéridon, la panthère en bronze ramenée de là-bas, la brassée de sagaies Lat en croix dans l'escalier, la toile d'André Maire ornant le salon, et dont Papé se montrait si fier – cette huile représentait le grand escalier d'Angkor un jour de cérémonie, ponctué de dévots et de marchands de fruits, les marches montant vers le ciel… Jusqu'à l'imposante bibliothèque de la maison qui, dans ses rayonnages, conservait aussi nombre d'ouvrages sur cette partie du monde, comme ce gros album toilé du Touring Club de France, *Indo-Chine, guide-album à l'usage des touristes*, publié par l'Imprimerie nationale. Ses centaines de photographies de temples et de paysages en noir et blanc nous subjuguaient. Avec la permission de mon grand-père, nous pouvions feuilleter à loisir le volume extrait de son cartonnage rouge, où des feuilles de papier cristal protégeaient les illustrations en héliogravure. Dessous, tous les détails ou presque de l'image grand format étaient lisibles, jusqu'à la buée des souffles (ceux d'archéologues rapetissés sous les voûtes, d'indigènes armés de piques, de mules agacées de mouches), le balancement des palmes en éventail, le plumage d'un oiseau (son œil noir si bien imprimé que l'on en saisissait le regard). La profondeur de champ s'y révélait extraordinaire. Comme si, après les premiers plans, il nous était possible de pénétrer nous-mêmes dans le livre, de plonger sur des kilomètres. Page après page, nous nous enfonçions partout, nous explorions cet autre versant, l'album nous happait.

– Voici l'Indochine, prenez-en soin, disait le Papé, à croire qu'il nous confiait les destinées du pays lui-même.

Par-dessus l'épaule de Bouk qui en tournait les pages, j'y découvrais des monuments pris par la jungle, des profils de *garudas*, des salles imprégnées d'ombre d'où se détachait le sourire énigmatique d'une apsara, enfin ces parvis bordant des pièces d'eau où, à chaque angle, au-dessus des miroitements et des vols stationnaires des moustiques, veillaient de gros lions de pierre, leur gueule dentée croquant le soleil… Ici, les tours à quatre faces du Bayon toisaient les visiteurs ; là, cinq mille apsaras de grès dansaient pour eux, courant sur les murs humides, formant de part et d'autre du couloir noirci une farandole extasiée. Et tous ces mots qui sonnaient pour toi en écho sourd, un roman effacé, pour moi en un appel neuf, formules dont le pouvoir serait de sidérer celui qui les prononce, celui qui les écoute : *Ta Prohm, Preah Khan, Phnom Kulen, Banteay Samré, Preah Palilay…*

Une onde te traversait alors, Bouk, un courant magique dont tu étais la pierre roulée et polie, toi né du *Kambuja,* et c'était comme si tu maniais la machette d'abattis dans la broussaille et que tu m'entraînais à mon tour vers la chaîne des Cardamomes, le scintillement du Tonlé Sap ou la montagne des Litchis, tous tes pays miraculeux où la résille des fleuves et des pluies décidaient de tout, de la couleur des jours, des récoltes, du parfum des arbres, des effondrements, du courage de chacun…

Un fin sourire descellait tes lèvres. Tu voyais sans voir, au-delà des petits Blancs prisonniers.

Bouk n'était plus à la maison Boissier, et moi non plus. Échappés à nous-mêmes, emportés par une fable plus fluide que nos vies bâties.

5

Nous sommes en janvier ou en février puisque ma sœur va naître en mars, et son prénom de petite fille fait débat dans la famille, ni mon père, ni ma mère ne parviennent à s'entendre à quelques semaines de l'accouchement. Du coup, c'est une guerre ouverte à la maison Boissier, le premier, mon père, tenant à celui de Camille, à cause de Camille Claudel, et ma mère ne démordant plus de Virginie…

La scène se déroule un dimanche, il fait froid, il y a cette bonne odeur de rôti au four, nous sommes au salon, parmi les fauteuils verts et les tables en acajou, Mozart dans les jambes, les radiateurs gargouillent sous les boiseries, et les tableaux nous lorgnent de la bibliothèque. A l'apéritif, on sert du Martini dans des coupes et des triangles salés dans des raviers.

– Pile ou face, alors !

Une boutade ? Passé l'instant de flottement,

cette solution semble la meilleure. Pourquoi pas, après tout, puisque rien ne parvient à les départager ?

Papé sort une pièce de cinq francs de sa poche et la propose à qui veut. Toi ou toi ? Bouk la saisit, se l'accapare, ou plutôt on la lui laisse et, dans un silence solennel, au milieu de nous qui faisons cercle, mes grands-parents, mes parents, Tata Atomic et son nouveau fiancé, mon frère et moi, la tire d'une pichenette dans l'air, elle virevolte et scintille sous la lampe… et retombe derrière le piano droit, avant de rouler sous la commode.

– Mince ! On ne saura jamais.

Volontiers, Bouk va la chercher. Le garçon s'agenouille, rampe sous le meuble, glisse sa main hésitante derrière, et sans remonter à la surface, sans nous montrer la pièce, crie d'en dessous, en se tortillant, jubilant :

– Je la vois.

– D'accord, Louis, mais quoi ?

Bouk se contorsionne.

– Dis-nous !

– Face ! C'est face !

Papa fait la tête.

Ce sera donc Virginie pour la vie entière.

Nous acceptons le sort, bien sûr, en croyant Bouk sur parole, Bouk qui, à ce moment-là, aurait pu donner le nom qu'il voulait à ma sœur, lui qui n'en avait pas ou plus, n'en avait jamais eu, lui qui avait pu enfin nous inventer.

Nous le sortons en le tirant par les pieds et Bouk jaillit, hilare, serrant dans son poing ce qu'il ne veut pas montrer et feint d'empocher. Tout me souffle qu'il a menti. Qu'il a joué. Il n'a même pas ramassé la pièce. Elle s'y trouve encore avec le vrai prénom de ma sœur.

*

Par paresse de la mémoire, à moins que ce ne soit de la culpabilité, chaque année l'avait enseveli et brouillé un peu plus comme ces temples khmers dévorés par la jungle. Et puis il m'avait fallu achever mes études à Lille, à l'École de journalisme, trouver du travail, m'installer dans le quatorzième arrondissement, rue de la Tombe-Issoire, le treizième, rue Tagore, puis les Lilas, seul ou avec une amie, me remettre de ma liaison avec Hélène dans le quartier de Bel-Air, appelons ça vivre... Au final, j'avais fini par mélanger le visage cuivré de Bouk avec celui de Tchang Tchong-Jen, le petit Tchang des albums de Tintin. Admettons que, par commodité, je les avais amalgamés l'un et l'autre. A plus de cinquante ans, l'enfant devenu un homme mûr pouvait lui ressembler, s'en approcher. Je me cramponnais à cette image facile comme à une bouée dans les vagues.

Dans son l'album *Le Lotus bleu*, Hergé a pris un jeune Asiatique comme modèle pour son personnage de « Tchang ». Tchang y est lui-même : le personnage réel est entré vivant dans la bande dessinée… Enfin, plutôt à demi mort puisque, page 42, on ne voit d'abord que sa main hissée vers le ciel. Au fond de la Chine, alors que Tintin cherche son chemin pour le village de Hou Kou, l'orphelin est en train de se noyer dans les tourbillons d'un fleuve. Sans hésiter une seconde, le héros à houpette plonge à l'eau et sauve, d'un crawl souple, l'infortuné garçon parmi des coffres à la dérive, des armoires fracassées, quelques cadavres gonflés de vaches. Il le ranime, il revient à lui, leur aventure commence.

Dans la réalité, Tchang est un étudiant chinois de vingt-sept ans que rencontre Hergé à Bruxelles, en 1934. Éduqué au Collège des Jésuites de la Concession française de Shanghai, il a bénéficié d'une bourse pour étudier en Europe. Il est peintre et sculpteur. A Paris, il a préféré Bruxelles.

Une amitié s'est nouée. Ils ont le même âge. Sur les photos, on les voit défilant, bras dessus, bras dessous, sur les boulevards, Hergé, grand et sec, tirant sur sa clope, et Tchang affublé d'une casquette de marin, avec quelque chose de mutin dans l'allure. Ils s'amusent. A la demande d'Hergé, Tchang participera à l'écriture du *Lotus*, insérant des idéogrammes dans les cases de l'album, supervisant ce qui vient en arrière-fond, le dessin des enseignes, des meubles, des vases et des plantes. Il aidera surtout son camarade à se dégager d'une vision trop stéréotypée de l'Asie.

Puis Tchang rentre en Chine. Assez vite, le dessinateur devait perdre le contact avec son ami. Ses lettres nombreuses, puis de plus en plus espacées, restent sans réponse alors qu'il semblerait, amère ironie, que Tchang, certes malmené par l'Histoire, n'ait jamais quitté Shanghai, du moins soit revenu souvent dans son appartement du côté des légations. La Seconde Guerre, la prise de pouvoir de Mao, le rouleau-compresseur de la Révolution culturelle, puis les camps de rééducation où Tchang sera envoyé, auront tout distendu, tout brouillé, tout amenuisé. Et pourtant… Hergé le croyait loin, inaccessible, oublieux, alors que Tchang était là. Et il se souvenait de tout.

Avec le temps et l'âge, l'inquiétude du dessinateur, devenu célèbre, s'est exacerbée : qu'est devenu Tchang et, au jeu des miroirs, se souvient-il de celui qu'il a été ? Cette incertitude le ronge et l'obsède. D'ailleurs le personnage de Tchang réapparaît dans les pages d'un second album, *Tintin au*

Tibet, en 1960. En compagnie du capitaine Haddock, le reporter du *Petit Vingtième* se met en quête de son ami perdu. Après cent péripéties, il le retrouvera dans le blanc himalayen, fiévreux et amaigri sur un lit d'os d'oisillons, grelottant dans l'antre du yéti. A demi mort. A demi vivant. Tintin le sauvera une seconde fois.

En 1981, Hergé est tombé malade. Pressentant sa fin, il veut revoir coûte que coûte son ami. Il joue de sa notoriété. Au terme de mille tractations entre les ambassades, Tchang est finalement localisé, contacté. Il obtient par miracle un visa de sortie de la Chine communiste. Des retrouvailles officielles sont organisées.

Hergé va attendre Tchang Tchong-Jen à l'aéroport de Bruxelles-Zaventem. Le temps a passé sur eux et les a meurtris. Les deux hommes sont fatigués ; le dernier ne parle plus trop français. Tchang débarque de l'avion, il chancelle, l'adolescent est un vieillard et si Hergé, séché dans sa veste à carreaux, lui attrape les doigts, le prend dans ses bras, l'enserre comme une fleur merveilleuse, s'excusant d'un murmure de l'avoir attiré dans ce traquenard puisque la télévision belge couvre l'événement, de telle façon qu'ils seront obligés à un peu de spectacle, d'accentuer leurs gestes, mais non, qu'importe les autres et leurs regards, les yeux mécaniques des caméras, ils ne jouent plus, ils n'ont jamais joué, l'émotion est si forte qui les soulève et les emporte tels deux nageurs dans une rivière en crue, et tant pis pour leur maladresse de vieux bonhommes et leurs hésitations, la tête pelée de Tchang se pose contre la poitrine de son ami, l'autre le serre contre lui, et tous deux, bredouillants, laissent s'écouler leurs larmes dans l'hiver bruxellois.

Parfois rediffusées à la télé, ces images en noir et blanc me crevaient le cœur.

*

– *Louis est retourné à Angkor*…

C'est ce que nous répétions, nous, comme si, prisonnier d'un train en marche, le garçon avait sauté sur le ballast et s'était enfui en courant, ivre d'espace, vers son royaume rincé du Mékong.

Louis est retourné à Angkor. Et le martelant jusqu'à nous en convaincre, il nous paraissait comprendre que l'aventure s'était bouclée, il fallait laisser le temps cicatriser les choses.

– Un ingrat, avait jugé mon père. Il ne méritait pas cette peine. Pas un mot, pas une lettre !

– Peut-être n'avons-nous pas fait assez ou pas comme il le fallait ? avait plaidé ma mère.

Plusieurs fois, je m'étais posé la question : comment ferions-nous pour nous retrouver, Bouk, si tu revenais un jour en France, comme si c'était toi qui nous avais abandonnés et non plus nous qui t'avions délaissé ?

Ce ne serait pas en Belgique, bien sûr, mais en France, dans la banlieue de Paris. Après un appel téléphonique, je te donnerai un rendez-vous un dimanche, à la gare de Chaville. Pour ne pas changer.

J'imaginais la scène. Je pourrais la composer à la manière d'un cinéaste, plan par plan, cadrant large et puis serré : je serais en avance, assis sur le banc du quai n° 1 de la gare qui, à quelques kilomètres de Paris, a des airs étirés de province et déjà sa monotonie. Entre les ponts du chemin de fer, l'air sent le foin, l'herbe mouillée. Le train pour Versailles-Chantiers s'arrêterait. Puis un autre vert et châtaigne, en direction de Paris. Personne n'en descendrait. Car tu serais déjà en face, sur l'autre quai, à m'attendre, m'ayant guetté parmi les avertissements électriques du départ et les fermetures des portes.

Tu ne ressemblerais pas du tout à Tchang. Ta main petite ferait ton signe tremblé. Ce serait toi, le Bouk d'avant. Qu'importe ce que tu serais devenu et la raison, toutes ces années, de ton absence.

Tu franchirais la voie. Nous sortirions par le porche, place du Marché, devant le magasin où le Papé nous achetait ces figurines que nous appelions « petits soldats ». Lentement, sans un mot, ton pas accordé au mien, nous remonterions la dalle entre les immeubles en brique, passant le pont pour rejoindre la maison Boissier, à la lisière de Viroflay, sur l'avenue Narcisse-Diaz bordée de platanes et de marronniers.

Dans le hall, tu enclencherais par réflexe la minuterie, l'applique serait toujours là : l'escalier monterait vers les étages, cet escalier si étroit, si court, en dépit de nos souvenirs, avec son tapis vieux rouge tenu par les barres de cuivre entre les pots dégarnis…

Dans la penderie, à gauche du vestibule, il y aurait toujours ces cintres où nous accrochions vestes et manteaux, nos vêtements qui sentaient le dehors et le froid, et l'étagère à chapeaux sans plus ceux du Papé, celui pour le soleil, l'hiver, la pluie, les demi-saisons.

Sur le papier peint griffé, il y aurait encore la trace des tableaux du Papé – l'*Angkor* d'André Maire –, toutes les empreintes de la poussière, et comme un jeu de Mikado, les rayures des sagaies Lat sur le mur.

La panthère aurait disparu.

Tu recompterais sur la plinthe les accrocs laissés par nos billes de verre et nos calots.

Le vestibule lambrissé, celui où nous jouions avec Mozart, paraîtrait ridicule – il ne serait jamais plus la salle de garde d'une tour ou la coursive d'un cargo en route pour l'Asie !

Du vasistas, la lumière de l'escalier ajouterait à tes cheveux cette flamme verte. Bientôt, il n'y aurait plus que nos voix enrouées dans le silence grossi et le craquement des marches. Des murs devenus secs où nos ombres petites avaient vacillé.

Tu descendrais au jardin. Je te suivrais jusqu'au puits cerné par les massifs des agapanthes, vers la serre bleuie.

Nous tournerions sous les vitres cassées, parmi les claies et les pots de terre. Où serait le décor des aventures que nous fabriquions au fur et à mesure ? Toutes nos héroïques Russies, nos formidables Mékong, ce premier empire dont tu fus le souverain, le dernier roi de nos Angkor ?

Tu aurais les gestes d'un homme dépassé par le temps. Oui, Bouk, la vie serait passée sur nous comme un éboulement.

6

Soyons honnêtes : mes parents ne possédaient pas l'autorisation légale de l'emmener, mon grand-père n'étant qu'un « parrain de pension ». Il ne s'agissait pas d'une adoption en bonne et due forme mais d'une assistance, d'un soutien à distance, sans lien juridique. Par l'intermédiaire du diocèse et de la paroisse où ma grand-mère se montrait assidue, ce genre d'initiative relevait des bonnes œuvres : accueillir le week-end ou aux vacances, via monsieur le curé, un enfant déshérité de Saint-Martin-le-Désert. Des bons sentiments, un désir de bien faire et d'aider, tout était parti de là. A moins qu'il n'y ait eu un lien entre Bouk et le cousin Pierre, le planteur d'hévéas ? Certes, ils réapparaissaient en France à la même époque…

En tant qu'expert fiscal, mon père participait à des programmes de développement international, et nous avions déménagé pour cinq années en

Suisse, où le FMI possédait des bureaux. Immédiatement, et d'un même élan, nous avions détesté ce pays verrouillé et morne, ces montagnes en carton, ces pâturages de cartes postales, mièvres jusqu'à l'écœurement. Nous n'avions pas retrouvé Bouk au retour. Il était devenu un adolescent taciturne et distant, comme Papé nous l'avoua à regret.

Malgré nos promesses, le projet que Bouk nous rejoindrait hors des périodes scolaires – quelques semaines en compagnie du Papé, si c'était possible, ce qui ne fut jamais le cas, mon grand-père n'en ayant pas le pouvoir –, il n'aura jamais répondu ni à nos lettres, ni à nos paquets aux timbres sages, les bleu lavande montrant le jet d'eau du lac de Genève ou les amarante des gardes suisses, la hallebarde d'une main, une missive de l'autre, à gauche du mot HELVETIA. Certains envois nous revinrent même, les chocolats dedans cabossés ou aplatis, avec la mention :

« Destinataire inconnu à cette adresse »

Il était resté un orphelin parmi d'autres orphelins, un orphelin dans la cour aux troènes, un orphelin à la cantine, entre les lits rangés, les salles de classe où vieillissaient des cartes tachées, la Bretagne (pêcheries, conserveries), la Brie et la

Beauce (blé, céréales, betteraves), le Massif central (élevage, sources thermales), un orphelin au milieu des brosses à taper contre les murs et des paquets de craies qui cassaient souvent. Sans doute nos bons sentiments lui étaient-ils insupportables à l'air libre ou avait-il fini par juger que nous l'avions, nous aussi, trahi et abandonné ?

Dans ses courriers ou ses appels, Papé nous l'avait décrit de plus en plus renfrogné et amer. Parfois même, buté, au point de refuser de franchir les grilles de l'orphelinat alors que la Vauxhall l'attendait pour une sortie. A d'autres moments, puni exprès, il en était privé. Ou il se terrait dans le dédale de l'établissement, dans les recoins du réfectoire qui puait le pain rassis et le fade. Prompt au coup de poing.

A tout moment, Bouk restait imprévisible, mû par des ressorts compliqués. Insaisissable. A quinze ans, il avait été forcé de quitter Saint-Martin-le-Désert pour rejoindre les Orphelins d'Auteuil, où il suivrait une formation en mécanique. Une autre famille d'accueil l'avait pris en charge. Puis une dernière, à Meudon. Son carnet précisait : enfant jugé instable, difficile. On s'en débarrassait.

Via les services diplomatiques, les recherches menées à son sujet par une relation de mon grand-père pour retrouver un parent ou un village dans les collines vertes des environs de Siem Reap, s'étaient révélées infructueuses. Nous ne savions pas son nom et celui de Louis Noël devait lui avoir été donné arbitrairement. De toute façon, dès 1975, les Khmers rouges régnaient sur son pays martyr. L'« Année zéro » avait été déclarée. C'était pour tout un peuple le retour forcé aux rizières, la famine comme arme punitive, la terreur organisée sous les ordres de Pol Pot, le Frère n° 1. Et des millions de morts sous les coups des petits hommes noirs aux sandales taillées dans des lamelles de pneus. On rapportait que, en file indienne dans Phnom Penh comme s'ils progressaient encore en forêt, ces hommes-enfants descendus de leurs collines du Stung Treng, de Preah Vihar et du Kok Kong, n'avaient jamais vu de voiture, de bitume, de lampadaires, de prise électrique. Ils dépiautaient les avions à mains nues, brisaient en miettes les machines, chiaient partout. Ils exécutaient tout individu portant des lunettes. Conduits par des cadres fanatisés, répétant leurs maximes comme des mantras, ces gamins des rizières, même pas dégrossis, se jetaient sur n'importe quoi, n'importe qui, tous ceux qui n'avaient pas reçu l'illumination révolutionnaire. Alors, loin de ce pays dément, qu'importait la généalogie d'un orphelin, au chaud en Ile-de-France, ramené par on ne sait qui, dans la déroute de l'Indochine, et protégé par son statut de réfugié !

*

Nous avions grandi nous aussi, beaucoup changé. La France nous plaisait moins mais c'était un moindre mal après la punition de la Suisse. Papa tournait en rond et ne voulait que peindre, peindre encore des nuages. D'ailleurs, il avait perdu la main question finances, il n'était plus écouté et, comme nous le découvrîmes par la suite, n'avait jamais gagné d'argent à l'inverse de ce qu'il laissait croire. Il était sur la touche partout. Il simulait. Car ce qu'il préférait, c'était se lever tôt pour attendre l'aube, admirer le ciel nouveau, goûter à la lumière, s'extasier sur les cumulus de passage.

– Les brumeux, les boursouflés, les pommelés, les attroupés, ceux du tonnerre, même les coureurs… Ils sont dans mon carnet de croquis, lieu, date et heure, selon la classification de Lamarck. Après, pour les plus beaux, je passe à l'huile.

Lâcher son boulot de conseiller fiscal ? Il y songeait, les circonstances l'y encourageaient. Comment être heureux au Chesnay, dans ce grand F5 aseptisé où, du matin au soir, il jouait à l'homme modèle, au mari parfait, au père accompli ? De plus en plus irritable, il se transformait sous nos yeux en animal compliqué, les doigts et le torse maculés de peinture. Il ne nous supportait plus qui l'entravions. Quelque chose s'était fêlé en lui.

– Qu'on me laisse peindre mes nuées ! Ah, je n'en peux plus de leurs colonnes de chiffres à la fin…

Scrutant la lumière du ciel, remuant ses pots et ses pigments, clouant ou déclouant des toiles dans la cuisine, Papa en oubliait l'heure des repas, celle du bureau, le train pour Paris, le courrier et les appels téléphoniques qu'il ne prenait plus, jusqu'à l'existence de ses trois enfants, se déchargeant de tout sur son épouse, de plus en plus fragile dans sa robe de chambre en pilou, le chignon défait. Pauvre Maman de porcelaine, dont les comptes et l'énergie fondaient à vue d'œil ! On lâcherait le Chesnay pour un trois pièces à Bel-Air, douzième arrondissement, plus modeste, moins cher, que Papé dut régler en sous-main.

– Je me fais porter pâle à la Banque et je peins à Fontainebleau.

Il disparaissait dans une antique 4L Renault pour travailler dans les sentiers et les labours de la région. Il nous en revenait crotté, ravi, gueulant sa joie dans l'ascenseur jusqu'à en alerter les voisins.

– J'en ai trouvé des bizarres. Tous sont formidables. Un cirrus inattendu !

Les premiers temps, après la Suisse, nous allions encore à la maison Boissier, mais moins souvent. Le ton montait vite entre Papa et mon grand-père qui ne lui pardonnait pas sa volte-face. Un homme de chiffres devenu artiste ? La mascarade ! Chaque visite virait à l'affrontement. On repartait brisés.

Puis un soir d'automne, ma grand-mère succomba d'une rupture d'anévrisme, en vaquant à ses fourneaux, sans un râle, assise sur une chaise, puis assise à côté, puis allongée de tout son long, le chien lui léchant les yeux, morte sur le linoléum.

De son côté, au milieu de ses vélins et parmi ses ondes courtes, de ses grognards et de ses chefs d'orchestre, de ses chevaux illustres et de ses indices boursiers, Papé allait vieillir d'un coup. Dans le vestibule, lorsqu'il nous serrait dans ses bras, je sentais sa carcasse à l'ossature de fil de fer, et son souffle court comme un tuyau d'orgue fêlé.

– Je fonds et me morfonds, je me tasse et rapetisse ! Bientôt, je coucherai dans une boîte d'allumettes comme un personnage d'Hoffmann !

Il n'avait plus sa chevelure baudelairienne – son crâne luisait comme un caillou –, ni sa voix de basse, juste ce filet de mots graves dont il deviendrait avare. Ses joues étaient mal rasées, avec des touffes de poil blanc sous la gorge. On devait tout lui répéter dix fois, le rassurer, lui acheter des chemises doublées, du 40, puis un 38, un 36, des charentaises fourrées. Il avait froid même pendant les canicules. Il entendait mal sa radio Ducretet-Thomson. Il lui fallut des cannes, des pastilles, des cachets, des piqûres, et une loupe en collier sous ses lorgnons.

Foin de journaux, de magazines, de romans idiots, il ne lisait plus que Baudelaire, « son » poète, dans une édition reliée de 1868, Michel Lévy/Libraire-éditeur, qui perdait ses pages.

– *I am Sherlock Holmes…* Pas d'autre énigme que moi-même !

– Qu'est-ce que tu racontes ?

– Je tiens le coupable : moi. Et la victime, pareil ! Je suis le scénariste, l'acteur, le dialoguiste et le metteur en scène d'une pièce qui ne me plaît plus. Avec ça, va rire et t'amuser !

Il rechignait à feuilleter ses ouvrages napoléoniens, ses planches en dix couleurs détaillant les uniformes chamarrés, allant jusqu'à se moquer des plans des batailles, où chaque division militaire avait la taille d'un point. Il ne se souciait plus des montures de l'empereur dont il savait par cœur la chronologie : *l'Intendant,* dit Coco, gris argenté, *la Belle,* un barbe baie monté au col du Grand-Saint-Bernard, *Montevideo*, un entier espagnol, qui galopa jusqu'à Moscou, *Stirie*, *Gonzalvez*, et *Cirus*, arabe gris foncé, à Austerlitz, enfin *Tauris*, qui fut à Elbe et jusqu'aux dernières heures.

– Sauter du manège en marche ! gueulait-il du palier. Qu'on me donne mon cheval de Waterloo !

Quant à Bouk, dont l'étoile avait pâli, il avait comme on nous l'avait expliqué à mi-mot « *posé pas mal de problèmes* ». Cette tristesse et ce désarroi qui le rongeaient, il les avait traduits par des hargnes, des injures, des crises, comme celle de vouloir emmener le chien Mozart pour le garder dans le dortoir, en dépit du règlement.

Ou rester perché dans un arbre.

Lacérer au cutter les manches de son blazer.

Répondre à n'importe quelle question par la chanson de Moustaki : « *Avec ma gueule de métèque, de juif errant, de pâtre grec, et mes cheveux aux quatre vents...* »

Tambouriner sur les murs.

Casser les branches du mimosa.

Répéter cent fois par heure : « *Je ne veux plus jamais dormir dans un lit à partir de maintenant et jusqu'à ma mort, foutre de pape et crotte de lama.* »

Feindre d'avaler du gravier.

Mordre le bois des portes.

A la moindre contrariété, il clignait des yeux, ravagé par son tic. On soupçonnait qu'il avait été battu dans son enfance. Il n'avait pas été pris en charge par des psychologues.

– Ce n'est pas que je ne l'invite plus chez nous, résumait mon grand-père, c'est qu'il ne veut pas venir…

Mis en apprentissage à Melun, Bouk avait fugué après s'être bagarré avec l'un des tuteurs. Plus tard, les gendarmes l'avaient retrouvé dans une gare, à Angers, une seconde fois au milieu des docks de Marseille où, entre grues et containers, il tentait d'embarquer en clandestin, direction l'Asie. Muet et têtu. Avec ses mains minuscules. Et son air obstiné. A sa majorité, Louis Noël s'était volatilisé. L'oiseau avait quitté sa cage.

Longtemps, Papé avait guetté un signe de lui, à son tour de se ronger les sangs. Du temps avait passé. Puis l'orphelinat Saint-Martin avait fermé ses portes, transformé en espace culturel par la municipalité. Les enfants avaient été dispersés en Ile-de-France. Chaque mois, mon grand-père effectuait encore un virement sur son livret de Caisse d'épargne. Où qu'il fût, Bouk le retirait et le dépensait, sans jamais rassurer.

– En un an et demi, je n'ai eu qu'un coup de fil ! Il était à Strasbourg. Mais comme il n'avait pas assez de pièces de cinq francs pour la cabine, ça a coupé et…

Que pouvait-on lui reprocher ? Chacun d'entre nous s'en voulait… Sans doute lui avait-il fallu ça pour vivre : oublier ce qu'il avait été chez nous, avenue Narcisse-Diaz, et chez les autres, pour être enfin lui-même. Si nous l'évoquions, il était coutume de répéter alors, en ne cachant pas notre malaise :

– Louis est retourné à Angkor.

On en restait sur une mauvaise donne.

Nous respections son silence puisque cet enfant rare y cachait son dégoût. Cette époque sombra sur cinq mots navrés. Le Cambodge me serait un chagrin sourd.

7

Bouk avait été des nôtres à la noce de Tata Atomic, nous l'avions emmené dans la Vauxhall Cresta du Papé, pris en sandwich entre nous qui tenions absolument aux fenêtres, à cette fête au bord d'un lac assoupi, dans un restaurant genre Louisiane sur une presqu'île arborée, en banlieue ou en proche province, je ne sais plus…

Nous avions été embrassés un millier de fois, Filou et moi, *qu'ils sont mignons, qu'ils ont grandi et comme ils vous ressemblent.* Le banquet touchait à sa fin, il ne restait presque rien du festin. La pièce montée avait été découpée par les jeunes époux dont les deux mains sur la pelle à gâteau n'avaient plus fait qu'une. C'était déjà le moment du café et des liqueurs dans des verres à pied qui laissaient des ronds sur la nappe. Tata Atomic était au bord des larmes et son mari tout neuf, le grand Hubert, déjà chauve, cachait des hoquets dans un mouchoir en papier. Tous deux échangeaient des bises, recevaient des vœux et des compliments, empochant au passage les chèques et bredouillant des mercis. La mariée marchait un peu sur sa robe. Elle mordait ses lèvres, ne sachant plus, au passage, s'il fallait rire ou pleurer aux allusions grasses et aux pincements des neveux.

– La jarretière, la jarretière !

Elle réussit à leur échapper.

Lentement, un orchestre avait fini par se mettre en place sur l'estrade : cinq musiciens en costume à franges et une métisse brune et bouclée dans sa robe-fourreau qui ferait saliver les hommes. A l'exemple des deux époux nerveux et gauches ayant ouvert le bal aux bras de leurs parents, contents de se soustraire à l'emprise de la foule, la plupart des couples allaient se lancer sur la piste. Poussés par des mains fermes, *allez, les enfants, allez prendre l'air,* ce fut pour nous le moment de sortir. Vexés d'être traités comme des gamins, nous avions reflué à une dizaine vers l'extérieur, troupeau disparate et boudeur confié à la garde d'une nièce boutonneuse.

Le soleil restait faible sous l'étoupe des nuages. Après la fumée, les rires et la musique, la réalité du paysage nous reprit en se coagulant. Nous retrouvâmes peu à peu l'ouïe et le sens des perspectives, le brouhaha de la salle nous paraissant alors atténué, à moins que nous ne fussions sourds à jamais.

Avec Bouk, lâchés sur la pelouse digne d'un terrain de golf, nous nous demandâmes que faire de notre après-midi et surtout de ce tas d'idiots. La pesanteur de ce dimanche parut insupportable. Il nous fallait fuir. Bouk me lança alors un défi, s'effaçant derrière les arbres.

– Tu me suis, discrétos.

Je lui répondis oui sans comprendre, oui pour le suivre, être digne de sa témérité, oui pour rester dans son jeu…

Aujourd'hui, je revois encore la ligne courbe des arbres de bordure, le lot de bicyclettes destinées à la location comme un mauvais fagot ficelé, la carriole à âne sous un auvent. Le lac se trouve derrière, placide, hérissé de branches, friselé d'écume sur ses bords cimentés. Au bout du ponton, derrière une volière abritant des paons et des canards, flottent des embarcations en aluminium. Nous en prenons une. Bouk monte ; je m'assois sur la planche servant de banc. Il plonge la rame dans l'eau, pousse en s'appuyant sur elle, nous glissons sur l'onde, en silence, la barcasse tinte…

Déjà, nous avons parcouru dix, vingt, trente mètres, nous nous sommes enfuis, détachés des autres sur la berge qui nous appellent en vain, l'eau nous emporte sur sa couleur de lion que l'aluminium reflète. L'île broussailleuse qui nous paraissait si loin devient, à chaque mètre gagné, de plus en plus vaste, enchevêtrée, extraordinaire. Sans faiblir, Bouk souque dans sa direction. Nous avons quitté le monde faux des vivants, sans regret. Mieux, avec le sentiment d'une revanche. Le trésor de cette île, quel qu'il soit, est à nous. Elle sera notre vie neuve, notre vie rêvée, digne des flibustiers de la Tortue.

Dix minutes plus tard, nous drossons la barque dans la broussaille où mille ronces s'accrochent déjà à nous. A couvert, Bouk sort des clopes anglaises un peu tordues ; il m'en passe une. Il craque une allumette. La fumée étire son filet bleu dans le ciel gris et plat.

– Je les ai piquées à Tonton Gaston.

J'aspire les volutes à son exemple. Dans ce film en noir et blanc que nous nous inventons à la seconde même, nous sommes aussi d'implacables gangsters de Hong-Kong. Des porte-flingues qui guettent leur cible entre les cargos des Messageries. Des agents de sa Très Gracieuse Majesté parachutés nuitamment pour une opération en Birmanie.

– Fameux, hein ?

Bouk a pris sa mine d'aventurier qui lui fait cligner de l'œil et plisser sa bouche. Dans ces cas-là, je le sais, il est quelqu'un d'autre. Comme moi.

Au loin, sur la berge d'en face, nos crotteux de cousins s'agitent. Ils ne valent pas plus que des pliages de papier. Ils ne comptent pas pour nous qui, seuls, existons alors. Nous allons tout réinventer. Ils ont disparu puisque nous avons détourné la tête.

– Super, non ?

– Tu parles !

Nous écrasons nos mégots. Je suis fier de fumer. J'ai un affreux mal de tête et un début de nausée…

– Alors, maintenant, on explore. Moi devant, toi derrière, au cas où…

Après avoir ramassé des bâtons pour nous donner du courage, tatônné dans la broussaille, nous finissons par retrouver, tel un filet plus clair, une sente perpendiculaire qui zigzague dans la mini-jungle, et là, entre les arbres et les buissons, après cinq minutes de marche, une clairière ouverte à la machette. Avec, au milieu, ce qui s'apparenterait à un bivouac : une bâche tendue entre deux troncs, un réchaud à gaz sur des moellons, trois billots servant de banc, des sacs et des seaux, le tout rappelant un carbet de chercheurs d'or.

Posé sur une souche, un poste rafistolé au Chatterton distille sa musique dans la futaie.

Le gars doit être à proximité. A nous épier.

– Il y a quelqu'un ? Ho hé ?

Pas de réponse... Que le vent dans les frondaisons et cette musique cristalline montée du poste. En dépit du panneau « *Attention pièges* », nous inspectons le coin, remuant du bout de notre bâton des cageots, des cartons ficelés, un manche d'aspirateur.

– Regarde ! Il y a un vélomoteur en pièces détachées...

Fouillant les décharges et les terrains vagues, le propriétaire des lieux a mis en tas tout ce qui peut être revendu : de la ferraille, des bouteilles et des bocaux, des boîtes de conserve aplaties au marteau. Plus loin, des planches, des tuyaux, des bobines de cuivre.

– Il doit y avoir un canot pour apporter tout ça ici...

– On y va ?

Et c'est parce que nous nous sommes trop approchés de sa tente, où un sac de couchage et un pot de Nescafé prouvaient sa présence, que nous avons commencé à regarder partout, à soupeser quelques objets, que ce grand échalas roux aux lunettes fêlées a surgi derrière nous, vociférant, les bras au ciel, furieux.

– Petits cons, je vais vous apprendre !

Faisant des moulinets avec les bras, il a foncé sur nous avec la détermination d'un taureau qui charge, plus pour nous effrayer que pour nous agresser. C'est un clochard hirsute, fagoté dans un imperméable maculé de taches, avec des gants de jardinier, des outils dépassant des poches. Moustaches de moujik. Un air féroce sous sa toque pourrie. Ses godillots sans lacets le ralentissent.

– Attention !

Par réflexe, bâton levé, Bouk s'est interposé entre lui et moi, ce qui a surpris le type, et m'a donné le temps de faire volte-face, de m'enfuir. Bouk lui aurait lacéré le visage s'il s'était risqué plus. D'ailleurs le Ruskoff a gueulé, chancelant, stoppé dans son élan, portant une main à son œil. Bouk l'a-t-il touché ? Il m'a crié :

– Fonce !

Cœur dans la gorge, air cognant dans les poumons, je n'ai pas attendu, mû par une énergie décuplée. Et, à longues enjambées, bondissant pardessus les talus, Bouk m'a rejoint aussi vite, riant déjà. Nous cavalons dans les fourrés, ivres de frousse et de joie dans le décor accéléré. Vivants.

– Te retourne pas !

Les bois drus, la sente, la berge renflée... Déjà, nous sommes à bord de la barque ; le klaxon des autos sur la route circulaire, au loin, nous rassure. Nous sommes sauvés. Bouk se débarrasse de son bâton.

– Rame, vite.

Dix mètres, vingt mètres... La silhouette du clochard devient insignifiante. Il a mis du temps à nous rattraper ou n'a pas réellement tenté de le faire, qu'importe. Il hurle sur la berge en montrant le poing.

– Petits cochons !

On l'abandonne là, au milieu de ses ordures, pauvre île sans magot.

– On l'a eu le Russe, non ?

– Je l'ai vaincu, tu veux dire !

Bouk serait le plus inouï de mes frères inventés.

*

Bien sûr, nous aurions dû plutôt l'appeler Louis Noël et non pas Bouk le jaune, nous disions Bouk quand même. Nous ne récitions pas cette leçon bien apprise qui puait le catéchisme et les bonnes manières. Ni lui, ni nous, sous les apparences. Non, il n'était pas uniquement ce « *mineur étranger isolé* », il était aussi notre prince auquel il ne manquait qu'un royaume de deltas et de riz blanc, de forêts vertes et de temples anciens. A force de le lui marteler, sans doute avait-il fini par le croire, s'en persuader...

Il restait un enfant magique au milieu des adultes terribles. Venu d'ailleurs, il gardait quelque chose de distant, d'insondable, qui jetait un trouble sur lui-même et sur nous. Le connaissant, n'étions-nous pas, nous aussi, des enfants trouvés à qui l'on jouait la comédie ?

Quel était son vrai nom ? Ce *Noël*, un nom de fête chrétienne, pris au hasard sur le calendrier, parce qu'il était arrivé dans ces eaux-là à l'orphelinat ou dans quelque organisme secourable – alors qu'il n'était ni une fête, ni un cadeau pour personne –, ne lui appartenait pas. Et pas plus que *Louis*, un prénom de grand roi de France, quand on y pense, quelle ironie ! S'il feignait de se plier à ce « Louis Noël », il cachait celui qu'il s'était réinventé, s'en étant couronné un soir dans la salle d'études, entre les pupitres éraflés, sur du linéoléum gondolé, clamant alors son prénom khmer, son nom de prince jaune, ce nom d'airain et de sucre : Attitya !

Ça voulait dire : *victorieux*.

De toute façon, ce « Louis Noël » ne lui allait pas. D'ailleurs, s'il se montrait distrait, il ne bronchait même pas – on nommait quelqu'un *qu'il n'était pas*. Dans sa classe de Saint-Martin-le-Désert, afin de ne pas se faire réprimander, il avait dû mémoriser l'ordre alphabétique de ses camarades d'infortune : Maraud, Michel,

Nathan... Sachant par cœur les trois noms précédant le sien, il répondait *Présent* à Noël, par réflexe, au quatrième. Par souci de ne pas disparaître des listes, de réendosser sa tenue. D'être là par subterfuge.

Mais pour nous, Filou et moi, Bouk était bien mieux qu'un personnage : il était ce frère choisi qui, promis à rien et donc à tout, réinterprétait les choses avec quelques mots de médium et des silences. Dans nos jeux, nos conversations, nos regards, derrière les haies de buis ou les cannisses, un autre jardin plus profus que tous les autres nous attendait. Et j'étais soudain, puisqu'il voulait bien en esquisser le décor et en improviser les situations, le Robinson d'un récif tropical, le Tom Sawyer des marais du Mississippi en quête « *de l'île qui n'existe pas* », le Chéri-Bibi de Cayenne qui, sous son uniforme rayé de bagnard, cachait son rang et sa fortune, ruminant un autre destin dans les bayous en devançant les chiens. Dans son sillage, nous échappions enfin à la prison du réel.

8

Ricochets étranges... Car c'est dans le lointain sous-continent indien, lors d'un reportage, que son souvenir s'était réimposé avec force. Et les remords qui allaient avec. Entre deux avions, deux trains, perdu dans des chambres d'hôtels, j'avais compris alors qu'il était temps de rechercher cet enfant perdu, de savoir ce qu'il était devenu, de l'aider peut-être. De cautériser quelque chose. Alors que ma vie personnelle avait sombré, il me permettrait aussi, nageur essoufflé, de reprendre pied sur un fond rocheux. Bouk le jaune. Mon dernier roi d'Angkor. Personne ne m'enlèverait cet ami rêvé, mon frère imaginaire, ce gosse aux sourires d'autrefois.

Mon sujet d'article était centré sur Rudyard Kipling. A charge pour moi de relever au Pakistan et en Inde les traces et les lieux d'inspiration de l'écrivain, et de m'en servir comme d'un fil rouge. Consciencieux, j'avais fait un saut à

Lahore. C'était dans cette ville, devenue pakistanaise, que son père avait été conservateur du Musée. Tout naturellement, le futur romancier avait collaboré au journal local, la *Civil and Military Gazette*, complétant les colonnes de texte par des contes ou des nouvelles de sa composition. Pour retrouver sa signature, je m'étais rendu à la bibliothèque Quaid-Azam où, sur une machine préhistorique, dans une salle verte où bruissaient des ventilateurs, j'avais entrepris de visionner les exemplaires de l'antique journal. On me confia des boîtes avec des microfilms à insérer dans une lunette… A l'écran, devant mes yeux esquintés, remontant les éditions du dix-neuvième siècle, ce fut un défilé de mois de canicule, de moussons, de rixes et de redditions, une litanie de morts et de vivants, de défaites et de victoires. Avec, parfois, en bas de page, deux lettres en pied qui scintillaient : R et K. Un texte de Rudyard ! Je pressais une touche carrée et une photocopie charbonneuse sortait en crissant de l'appareil. J'emportais la page comme un trophée…

Poursuivant mon enquête, j'avais rattrapé de Dehli la ville indienne de Shimla, une station climatique perchée au bout d'une périlleuse ligne ferroviaire. Autrefois, sous l'Empire britannique, cette bourgade servait de capitale d'été. Administratifs et état-major y montaient prendre le frais durant les chaleurs, résolument entre eux et en hauteur – Indiens et voitures y étant interdits – tout en continuant à diriger le pays à coups de messages télégraphiques et de mouvements de troupes.

Je réservai une chambre à l'hôtel Clarke's qui offrait une vue magnifique sur la vallée. Dans une salle à manger, où à la fin du repas le maître d'hôtel m'apportait avec ostentation un cendrier et un crachoir, je me sentais assez seul, fragilisé par mon voyage, dépassé. Mais au cœur de mon sujet.

Matin et soir, j'allais me balader sur le Mall. Au milieu des chalets et des barrières en bois peint, des pelouses parfaites et des réverbères fondus en Europe, on se serait cru dans une Suisse d'opérette... Une promenade tournicotait autour de la résidence des vice-rois, le Gordon Castle. Il y avait partout des kiosques, des belvédères, des allées ratissées et un observatoire. La Christ Church avait conservé, vissées sur ses bancs cirés, les plaques en bronze de gouverneurs et des officiers qui priaient là. Au cimetière, on lisait encore les noms des soldats bouffés par les fièvres ou tués par quelque rebelle : Ernie Samuelson, lieutenant d'artillerie, Bertie Edgar Pritchard, Commandant du 9e Lanciers du Bengale ou G.W. Cornelius Bride, du 3e Bataillon des Montagnes... Tout cela avait nourri l'œuvre de Kipling.

Pour terminer, je m'étais rendu à Lucknow, dans l'Uttar Pradesh. Si la cité avait été, en 1857, le haut-lieu de la révolte des Cipayes et le symbole de l'héroïsme des Anglais, j'avais l'intention de me contenter du collège de la Martinière, ex-palais Constantia. Dans l'un de ses plus beaux récits, *Kim,* paru en 1901, le personnage principal, un orphelin de quinze ans, un Blanc qui passe pour un Indien à cause de son « *teint brûlé* » et de son don pour les langues, s'y trouve pensionnaire avant d'en disparaître, passé par-dessus le mur, cavalant par les routes du sous-continent, sous un ciel livide troué de corbeaux.

Ce mélange de romanesque et de réel qui se concrétisait en ce lieu précis justifiait une boucle de trois jours. Que restait-il donc de l'immense écrivain Rudyard Kipling ? Rien. Tout. Tout autrement. Je pensais ouvrir mon papier là-dessus, sur cette interrogation… Le journal couvrait de toute façon mes frais. J'avais obtenu un « pass » d'Indian Airlines, je prenais les lignes intérieures que je voulais. Cependant, l'atmosphère du pays était surréaliste : un début d'épidémie de peste – une centaine de cas dans des villages – avait fait détaler les étrangers, dont les derniers spécimens survivaient dans leur hôtel. New Delhi était sur les dents. Bombay aussi. On guettait les flashes d'informations. Qui mentait à qui ?

Je m'étais tout de même risqué par un vol intérieur où il n'y avait personne, hormis quelques techniciens et des hommes d'affaires obligés. Plus un groupe de Japonais qui portaient, en protection, un dérisoire masque de gaze sur la bouche et le nez. Je ne pensais, pour ma part, qu'à mon héros de papier.

– « *Ceci est le vaste monde, et je suis Kim, voilà tout. Qui est Kim ?* »

Il était justement, ainsi que le rappelait Kipling, le personnage multiple : celui qui se joue, mi-roué, mi-naïf, des réalités, et traverse tout. Joker à cent pouvoirs, à cent visages…

*

En limite de la ville de Lucknow, au sud-ouest, bordant le fleuve, La Martinière avait été bâtie au dix-huitième siècle par le major-général Claude Martin, un Français prisonnier à Pondichéry puis engagé par le nabab de l'époque. Devenu riche à millions, le soldat n'avait pas lésiné sur les sacs de roupies. Derrière une volée de marches, on débouchait sur un parterre gardé de canons. Derrière, un palais-pâtisserie ocre et vert dressait vers le ciel couleur de thé ses deux ailes gothico-corinthiennes. Quatre tours enserraient un donjon massif. Sur les terrasses ornées d'urnes, des vestales en fonte rivalisaient avec des sculptures de fauves juchés sur leurs pattes qu'un fanal, la nuit, faisait rougeoyer. Claquant au vent, le drapeau de l'école – un lion sur une île de sable au-dessus d'un ruban déroulé frappé par la maxime « *Labore et constantia* » – dominait les pelouses. En contrebas, au milieu du lac, un îlot abritait une tour cannelée. Trois hérons piochaient l'eau croupie.

Le bâtiment était vaste. Si la chapelle possédait son orgue, la bibliothèque, avec ses vitrines en verre grisé et ses miroirs au mercure, déroulait au-dessus des volumes reliés des arabesques végétales dignes d'un palais italien. En dépit d'un manque de moyens pour entretenir ce décorum – l'humidité avait noirci les murs, descellé quelques niveaux, et on ne comptait plus les statues qui, rongées par les intempéries, s'étaient détachées de leur socle –, la réputation d'excellence de l'école restait intacte depuis deux siècles…

Le proviseur, M. Elton de Souza, homme preste et maniéré, me reçut avec courtoisie. Je demandai à visiter son établissement et, dans la mesure du possible, compulser les annuaires des anciens élèves, ceux du siècle dernier.

Dans son roman, *Kim*, Kipling évoquait ces garçons « *fils de fonctionnaires du chemin de fer ou du télégraphe* », petits et grands Blancs, mais aussi descendants de familles eurasiennes ou héritiers de maharadjahs qui délaissaient les ports de l'océan Indien, les palais délabrés et les plantations de quinquina « *au sud de tout* » pour l'enceinte de La Martinière. En ces murs, ici même, les jeunes sahibs comme leurs coreligionnaires devaient s'imprégner des usages victoriens et des réflexes du colonisateur – ils auraient sous peu à diriger l'empire, du moins le supposaient-ils. Aujourd'hui, huit cents rejetons de la bourgeoisie les avaient remplacés.

– Et Kim, alors ? tentai-je, sitôt installé dans le bureau aux chaises en bois noir de Goa. Vous savez, dans le roman de Kipling, le fils naturel d'un sergent du régiment des Mavericks, Kimball O'Hara… L'administration le place ici, dans votre établissement même, du moins dans le livre. Mais le pensionnaire va s'échapper et courir l'Empire. Et devenir malgré lui un agent secret, le meilleur : puisqu'il ne sait pas qu'il en est un. Il se met alors « *à penser et à rêver en indigène* ».

– Un personnage de fiction, une invention d'artiste, monsieur.

– Ce qui obsède cet enfant différent des autres, c'est un taureau rouge sur un fond vert, « *commandant à neuf mille diables* ».

– Peut-être, je ne m'en souviens pas.

– Plus tard, loin de La Martinière, Kim découvrira qu'il s'agissait du fanion du régiment de son père. Une image mentale inscrite en lui et pour laquelle il lui faudra une vie pour la décoder.

– Soyons clairs, en quoi puis-je vous être utile ?

– Je voudrais voir des choses de cette époque, chez vous, au moment où Kim pouvait être là, lorsque Kipling écrivait son livre. On peut parier qu'il se serait inspiré d'un de vos pensionnaires, un garçon dont il ne connaissait le père ou la famille, le destin ?

On m'apporta de vieux registres d'inscriptions au dos cassé que j'ouvris avec précaution. Dans des colonnes de noms et de dates rédigées d'une écriture parfaite, je remontai les listes des années 1903, 1902, 1901. L'encre avait pâli. Des noms d'élèves s'étaient effacés. Parfois, les reliures ne tenaient plus que par des sangles en toile et des feuilles trouées s'en détachaient. J'avais de la poussière de papier sur mes mains.

– Etant donné qu'il n'a pas existé dans la réalité, n'est-ce pas, c'est difficile de le trouver. Disons, que je traque des coïncidences.

– Votre demande est si inhabituelle !

– J'aimerais lire des noms, des noms de l'époque, peut-être mettre la main sur des photos de groupe.

– Tout ou presque a disparu. Qui s'en soucie ?

Ne voyant plus ce qu'il pouvait faire de moi, de Souza sonna l'un de ses intendants. Pour m'éloigner de son bureau et ranger les archives, on m'accorda une visite complète. Je m'enfonçai dans des coursives, remontai une volée de marches, cavalant. Où étions-nous ? Constantia était labyrinthique.

Muni d'un trousseau de clés médiévales, le sous-fifre me mena vers les dortoirs.

– La pièce est ronde et le système ingénieux. Avec un seul surveillant, on gardait l'œil sur des dizaines de gosses.

A partir d'un moyeu central, repère du pion qu'une cloche en tulle protégeait des moustiques, plusieurs dizaines de lits en fer s'alignaient dans des travées en branches d'étoile. Sur chacun de ces lits, faits au carré, il y avait un oreiller de coton rêche. Cent exemplaires identiques où cent têtes d'enfants s'étaient posées, et dont il restait sur certains un creux léger… Au-dessus, des ventilateurs peinaient dans l'air sucré.

Dans son roman, Kipling décrivait ces pensionnaires qui, après l'étude et le rata du réfectoire, se murmuraient dans les nuits brûlantes de l'Inde, d'un lit à l'autre, leurs extraordinaires aventures. Une lune ronde glissait par la fenêtre, sous le rideau gaufré – on distinguait ses cratères et ses monts, ses déserts et ses fleuves –, jetant des lueurs entre les barreaux des lits et le parquet. L'un, assurait-il avec aplomb, avait noyé son éléphant dans les sables mouvants ; l'autre, à l'aller comme au retour des vacances, prétendait repousser au fusil quelque assaut de Akhas, des chasseurs de têtes dont il enfreignait le territoire. Un troisième forçait à la lance crantée les tigres des marais. Derrière ces murs, guettant la mousson comme une délivrance, Kim se prenait à rêver : qui était-il, lui, et où irait-il une fois dehors, échappé à ses maîtres, puisqu'on ne l'attendait pas ?

– Ici, vous avez le…

Je n'écoutais plus baragouiner mon guide dans son mauvais anglais. Non, je ne prêtais guère attention à de Souza qui, nous ayant rejoints, se recoiffait du plat de la main et souriait à tout-va, car une ombre triste et pesante m'avait alors rattrapé en cet après-midi de l'Uttar Pradesh. Un début de chagrin lent et infini. Un poids mort. Mon ancre invisible… Pareil à ces astres dont la lueur traverse des années-lumière avant de nous atteindre, le souvenir de Bouk m'avait de nouveau percuté et ébloui à des milliers de kilomètres de la maison Boissier, à la vue de ces petits lits métalliques du fin fond de l'Inde. De pauvres lits semblables à ceux de Saint-Martin-le-Désert, où Bouk, entortillé et couvert de sueur, traquait son sommeil entre les angoisses, les cauchemars. Par égoïsme, j'avais sous-estimé ce que ce frère d'adoption endurait, calfeutré que j'étais, moi, bien au chaud, dans ma vie confortable, sans souci dans la Vauxhall qui ébahissait les gogos, protégé par ma famille. Je n'avais pas voulu l'épauler dans son malheur. Il était resté ma distraction, une invention pour tromper mon ennui de petit Français. Il avait été mon garde-fou, le ferment de ma rêverie, un prétexte.

Poursuivant leur visite, le proviseur et son acolyte m'entraînaient encore derrière eux – n'étais-je pas distrayant avec mes questions absurdes ? –, contents maintenant de me montrer les salles d'étude, le réfectoire, mais aussi les offices et les buanderies. Et, puisque j'insistais, j'eus le droit au terrain de cricket que pilonnait un soleil-artilleur comme aux caves où des grappes de chauves-souris, tête à l'envers, nous accordèrent un *flap-flap* caoutchouteux sous le faisceau de nos lampes.

– Il y a ici un lot de statues que nous avons remisées.

C'est pourtant là, après la spirale de l'escalier, alors que nos voix ne nous revenaient plus, bues par la pénombre et l'humidité, que je déchiffrerais ce qui aurait pu être, derrière une porte à guichet, deux lettres sur le mur du fond, ce haut mur gris, tavelé, meurtri, la muraille de La Martinière : deux hachures verticales, deux lettres non pas tracées à la craie mais creusées au couteau par un ex-pensionnaire, deux *l* déliés, le premier plus grand que le second, l'un après l'autre comme des grenadiers à la parade, et que je pris pour les initiales de son nom, du mien, Louis et Lucas.

– Un graffiti. On consignait les fortes têtes dans les caves. Ils y moisissaient en attendant de recouvrer leurs esprits. Notre cachot, si vous voulez !

On me ramena jusqu'au portail.

– Au revoir, monsieur. C'était un plaisir.

L'Ambassador avait cuit à l'étouffée. Allongé sur la banquette, mon chauffeur roupillait, pieds cornés passés par la vitre. Le claquement de la portière le réveilla.

A cet instant-là, Bouk était de nouveau avec moi, compagnon remonté d'entre les statues grêlées, réchappé du cachot. Je le ramenais dans l'auto, on roulait ensemble en Inde, sur une route continue qui nous mènerait jusqu'en France et ses forêts sages, nous ne quitterions plus l'habitacle, ce serait le paysage qui, de lui-même, se métamorphoserait. Il avait toujours douze ans, il ne rentrait pas à l'orphelinat. Il avait jeté sa chemise à écusson et son blazer parmi les buissons. Oui, Bouk rentrait avec moi. Comme Kim. Vers le soleil.

Au feu, un macaque remonta la colonne de voitures, sauta sur le capot de la nôtre, et y resta pour mastiquer un emballage en carton. Il roulait des pupilles rouges de fou. Au carrefour, je lus l'injonction du panneau routier :

« *Don't create chaos, stick to your lane.* »

Mais mon chemin, c'était le sien.

9

Il se tient debout à la limite de l'allée gravillonnée et de la pelouse spongieuse du jardin. Du haut du vasistas du deuxième étage qui éclaire chichement l'escalier de la maison Boissier, je l'observe encore. Il est de trois quarts, d'aplomb, sans se douter que je l'espionne depuis quelques minutes. Il a Mozart en laisse, le coton ébouriffé, qui aboie vers la serre aux carreaux huileux de reflets. Il a les yeux ouverts mais, comme s'il ne voyait pas, déambule avec l'allure saccadée d'un automate. La lumière de ce beau dimanche d'avril effleure les buissons. Des arbres en aluminium bougent derrière lui, esquissant un rideau de théâtre dont il est, alors, l'unique acteur. Mais il n'a pas de texte à dire dans l'indifférence végétale. Personne ne lui donne sa réplique. Il sourit pour lui seul sous un nuage moins sombre que les autres et qui passe.

Il s'avance alors sur le gravier qui crisse car, maintenant, il a quitté l'humidité de la pelouse et les plantes idiotes – les hortensias mauves rapportés de Bretagne –, pour se rapprocher du centre de l'image et y rester, calé, ayant trouvé ses marques sur le sol… Il est debout dans la cour vide au milieu de laquelle se trouve l'ancien puits. Puis, à cause de son nuage qui a tourné, il devient blanc comme sucre. Il a posé ses mains sur la margelle jointée. Il a noué la laisse de Mozart à ce barreau autour duquel se fixait autrefois la poulie. Il a grimpé sur le cercle de pierres jointées, a lancé ses bras vers le ciel, et paraît plus grand que les plus grands arbres sur lesquels il règne en souverain somnambule.

Un train vert et châtaigne bondit dans la plaine. Les haies ont tremblé. Un oiseau a volé en deux fois vers la serre.

Il se tourne vers moi et, même de ma pénombre, tapi dans l'escalier, je comprends qu'il m'a aperçu du jardin. Il a souri à travers son sommeil, l'espace entre les choses, le silence entre les mots et les noms, l'obscurité des histoires communes, ce qui nous séparera toujours.

– La vérité est au fond du puits, me souffle une voix.

Qu'importe, il ne s'effraie de rien. Parce qu'il est inconsolable, il m'est supérieur en tout. Il se meut au ralenti. Il flotte. Enfin, lâchant tout, sa vie et son histoire, son nom et ses angoisses, sa respiration et son sang qui bat dans sa gorge, il plonge et bascule d'un pas. De ma cachette, à cause de la distance écrasant les perspectives et rabotant les angles, je ne sais s'il simule ou le fait pour de vrai.

Mais il a disparu. Il ne reste que le balancement lent des arbres.

A-t-il chu dans le trou ou se tient-il accroupi derrière la margelle, farceur ?

Chaque fois que je l'apercevrais en rêve, comme cette nuit-là dans le Boeing d'Indian Airlines fonçant dans les ténèbres vers l'Europe, Louis Noël vivait encore en France. Il avait toujours douze ans. Il aurait pu être mon fils *inconnu* comme on le dit du soldat de la place de l'Étoile broyé par un obus.

Le voilà maintenant qui remonte encore sur la margelle, indifférent, cruel, je me rendors à moitié, mal. Mozart aboie par à-coups dans mon sommeil.

Puis je crie et me réveille.

A cette époque-là, à force d'y réfléchir, j'avais compris qu'il fallait envisager les choses et les faits autrement : non pas lui par rapport à notre clan, mais nous par rapport à Bouk. Que savait-il enfin ? Était-il dans un secret plus vaste qui nous aurait englobés ? Ou ne comptait-il pas plus que ce à quoi il ressemblait : un figurant du dimanche ? N'aurais-je été pour lui qu'un bref personnage, une apparition dans une fiction dont il se débarrassait franchies les grilles de l'orphelinat ?

Je le revoyais, en solo, inconnu, face à nous très adossés à la maison Boissier, le jardin, la serre, la bibliothèque, l'argent du Papé, l'empire de Napoléon, le tricotage des légendes familiales… N'aura-t-il pas été plus fort que chacun, n'ayant rien à perdre et tout à gagner ? Sans héritage sinon sa peine, certes, mais plus léger dans sa brume de tristesse ? Pourtant d'un mot, ce gamin avec son blouson en skaï et sa pauvre ceinture en cuir bouilli avait le pouvoir de faire basculer le bel édifice – sa voix nue ferait levier. Il détenait cet avantage sur notre monde construit et figé : il avait compris que tout était fragile, friable, que la vie construite, même attrapée et façonnée par cent bras, même retenue dans une maison aux parquets-miroirs, protégée par des comptes bancaires et des assurances, fichait le camp à chaque seconde. Rien ne tenait face au gouffre, rien ne tenait jamais, à l'exemple de sa terre indochinoise qui fuyait sous les ruades de l'eau, les caprices de la mousson, le tonnerre à vous en crever les tympans, la tyrannie des lianes et des forêts. Bouk en avait accepté déjà la leçon terrible, son poids, sa liberté. Il avait cette avance sur les autres, sachant qu'un tourbillon aspirait au-dedans de nous.

10

A mon retour de Dehli, j'avais pris l'habitude de choisir exprès des taxis conduits par des chauffeurs asiatiques, il s'agissait de Vietnamiens, de Cambodgiens, parfois des Laotiens, rarement des Chinois. Ils conduisaient de grosses berlines qu'ils maniaient avec adresse. Si la course était assez longue ou que nous nous trouvions pris dans des embouteillages, j'amorçais la conversation :

– Taxi depuis longtemps ? D'où êtes-vous ? Comment êtes-vous arrivé ici ?

Je resserrais mon enquête comme un nœud coulant.

– Louis Noël. Cambodgien, la cinquantaine, ça vous dit quelque chose ?

– Pas un nom de chez nous.

– Attitya, alors. Louis Attitya ?

– Il faut le nom de famille. Son nom khmer.

– C'était un orphelin. Le nom qu'on lui a donné est une convenance.

Coup d'œil oblique dans le rétroviseur, le gars paraissait me souffler : mon pauvre monsieur, dans ce cas-là, il n'y a pas pire malédiction, votre histoire est désespérée…

J'avais entamé diverses recherches. Sur internet, dans l'annuaire en ligne, ce nom de *Louis Noël* apparaissait cent deux fois. Dans l'Aisne, l'Aveyron, en Dordogne, en Gironde. Chaque soir, comme un rituel, à vingt heures précises, je contactais quatre homonymes. Pour ne pas aborder mon interlocuteur de front, j'usais d'un subterfuge :

– Je souhaiterais parler à Louis Noël. C'est vous-même ? Ah ! Excuscz-moi de vous déranger, je suis journaliste et je rédige une enquête sur les émigrés asiatiques qui, comme vous, après l'Indochine française, se sont fixés chez nous.

– Qui est à l'appareil ? De quoi me parlez-vous ?

– Vous êtes bien le dénommé Louis Noël ?

– Depuis soixante-quatre ans.

– Vous n'êtes pas d'origine asiatique ? Saint-Martin-le-Désert, ça ne vous rappelle rien ?

– Qu'est-ce que vous racontez ?

– Un orphelinat, près d'Orly.

– Une secte ou quoi ?

– Il doit y avoir une erreur dans nos fiches. La vôtre m'indiquait des origines cambodgiennes : Angkor, Siem Reap.

– Je suis français et du Périgord, figurez-vous ! Ma mère s'appelait Simone Beynac, famille Beynac, c'est dire si…

– Alors, excusez-moi, il s'agit d'un malentendu, je vais rectifier nos bases de données.

– Quelle administration, incroyable !

Je barrais un Louis Noël sur ma liste. Ce n'était jamais lui. Bouk était bien ailleurs, rentré chez lui, au Cambodge, *victorieux*. Tant mieux. Tant pis. Ou il se cachait à la perfection.

Par acquit de conscience, j'avais effectué des démarches auprès de l'Ofpra, organisme chargé des réfugiés et des apatrides en France. Sans suite.

– Écoutez, il a dû obtenir la nationalité française à sa majorité, du coup, il sort de nos listes.

Voulant épuiser toutes les pistes, j'avais contacté le presbytère de l'église Notre-Dame-de-Chine, dans le treizième arrondissement. En vain. Le prêtre ne le comptait pas parmi ses ouailles. J'avais tenté d'obtenir aussi quelque bribe auprès d'une Amicale de résidents d'origine indochinoise résidant en Ile-de-France.

– Auriez-vous dans votre association des adhérents entre cinquante et soixante ans, répondant au nom de Louis Noël ou d'Attitya Noël ?

Après avoir cherché à gagner du temps, mon interlocuteur à la voix aigre accepta de consulter son ordinateur. Il se méfiait.

– Attendez, Noël… Non, a priori, je ne vois pas. Et je ne pourrais pas vous en dire davantage. Ce genre d'informations reste confidentiel.

– J'insiste.

– Désolé, à moins d'une demande officielle de votre journal. Mais pour qui travaillez-vous ?

– A titre personnel.

– Êtes-vous parent ?

– Affaire privée. Il était un enfant lorsque… Il venait chez nous, en banlieue.

– Ah ! C'est autre chose. Mais, parfois, ce n'est pas pour les meilleures intentions que l'on entreprend ce genre de démarches. Un héritage ou des histoires tout court, n'est-ce pas ? Ou la personne ne le souhaite pas. Elle n'a pas envie de retrouver son interlocuteur ! Depuis combien de temps ne l'avez-vous pas vue ?

– Très longtemps.

– Pas de signe de lui ? Un indice ?

– Aucun.

– Je vais vous donner alors mon sentiment, si vous me le permettez : cette personne est devenue quelqu'un d'autre. Celui que vous cherchez, cet enfant… Il a disparu. Il a peut-être changé de nom. Il pourrait avoir repris un nom asiatique. Ou, pour des raisons que nous ignorons, se faire appeler autrement, un dimunitif, un surnom, même s'il a gardé son patronyme français. Courant dans la communauté. Le passé est lourd à porter.

– Permettez-moi de…

– Sauf votre respect, je ne veux pas être désagréable… C'est un fantôme, et les fantômes n'aiment pas être dérangés. Ils ne se plaisent pas à la lumière.

– Vous avez raison, excusez-moi.

Je raccrochai.

Amer. Meurtri.

*

En parallèle, je m'étais inscrit sur un site de retrouvailles entre camarades d'école et d'université, laissant un message à un dénommé Gilbert François puis à un certain Jean-Yves Masson, tous deux ex-pensionnaires à Morangis.

Ils m'avaient répondu par mail quelques jours après, méfiants. J'avais proposé un rendez-vous. Seul Masson avait accepté. Il vivait dans un pavillon à Saint-Maur-des-Fossés, à l'est de Paris. Marié, trois enfants. Agent territorial. Il ne gardait pas un bon souvenir de son séjour à Saint-Martin-le-Désert.

– Sale période, m'avait-il résumé au téléphone. On chercherait plutôt à oublier.

Au premier café-tabac, devant un bock de bière blanche où flottait une rondelle de citron, entre le bar et un flipper, j'avais retrouvé un dimanche matin un homme chauve aux yeux fatigués, dans un jogging noir à bandes blanches. Il avait fait ses courses au marché et glissé sous la table son panier en raphia. Conversation difficile, hachée. Après un deuxième verre et une soucoupe de noix de cajou, s'étant assuré de ma bonne foi, il s'était montré plus bavard mais aussi triste :

– Ma mère nous avait abandonnés, mon frère et moi, elle était fille mère, comme on disait à l'époque, ce mot est terrible n'est-ce pas ? Et ne pouvait subvenir à nos besoins. Mais on la voyait une ou deux fois l'an, lorsqu'elle daignait nous prendre. Elle travaillait à Montmartre. On préférait ne pas savoir. Quant à mon père ? Jamais vu.

– Comment cela se passait ?

– Nous vivions à l'année à Saint-Martin, avec des week-ends chez nos « marraines de pension », une fois tous les quinze jours. Parfois, ça se déroulait mal… Ce garçon dont vous me parlez devait être plus jeune que moi. Même si son nom sonne dans ma mémoire, je ne vois pas qui c'est. Il n'était pas dans ma classe. Plus petit. C'était la fin de l'Indochine française, et sur les deux cents enfants recueillis à l'orphelinat il y avait une douzaine d'Asiatiques ou d'Eurasiens. Des fils d'évêques, vous voyez le profil ? Mais je ne veux pas être désobligeant avec vous.

– Dites-moi.

– S'il était là, évidemment, c'est qu'il était protégé par quelqu'un… Parce qu'il y avait des frais. Même subventionnée, l'institution était en partie privée. Des religieux.

– Des frais à payer ?

– Une pension ou une participation aux bonnes œuvres de Saint-Martin. Un don, un chèque, quoi ! Ma mère était assez mal vue car elle payait mal. On ne manquait pas de nous le rappeler. Certains trimestres, mon frère et moi étions nourris « *par charité chrétienne* ».

– Je pensais que c'était un organisme à vocation caritative ?

– Oui, avec des limites. Il devait y avoir différents régimes selon les situations juridiques des enfants, leur prise en charge.

– Même parmi vous, on retrouvait cette hiérarchie ?

– Certains portaient le nom d'un de leurs parents. Une chose dont je suis sûr, c'est que votre Louis Noël devait être malheureux comme nous tous. Ce qui nous pesait le plus d'ailleurs, ce n'était pas d'être des orphelins, car nous nous inventions des parentés imaginaires, des destins hors du commun, mais plutôt d'être des gosses abandonnés. Seuls comme des chiens vagabonds. Nous étions des bâtards de la vie, monsieur ! Et qu'on soit blanc, jaune ou vert, ça ne changeait rien à cet isolement ! Personne ne nous attendait nulle part. Personne ne nous avait voulus, ne nous voulait. Et ça, pour un gosse, c'est insupportable. Avec notre mère en pointillés, même si elle était immature, nous comptions, mon frangin et moi, parmi les plus chanceux.

– Je suis désolé que… Pourriez-vous m'évoquer Saint-Martin ?

– Nous avons tous été marqués par ce séjour. Une ambiance très catho, prières et messes obligatoires jusqu'à nous en laver le cerveau. Des bonnes sœurs et des curés pour la confession. Communion le samedi matin, messe le dimanche. Catéchisme obligatoire, chorales, etc. On sortait deux fois par semaine au parc ou en forêt dans nos capes à capuchon triangulaire, deux par deux, en colonnes. Les habitants du patelin avaient fini par s'habituer à nous mais les paysans nous lorgnaient lorsque nous revenions tout crottés par la boue des chemins – on était allés jouer au football dans une clairière au milieu d'une forêt de sapins sombres – toujours en rangs, commandés au sifflet. Ils marmonnaient derrière leurs clôtures : « Les pauvres petits ! » Et c'était reparti pour l'appel, le préau, la cantine, le dortoir, les classes… Il y avait cette inscription sur le fronton du porche, à demi effacée : « *Préventorium franco-américain de Morangis* ». Avant, il s'agissait d'un hôpital pour tuberculeux. Un mécène des États-Unis avait tout financé.

– Un régime dur ?

– On trouvait ça normal… Je me souviens d'une religieuse plus douce que les autres, sœur Agnès, c'était l'exception. Pour des cas d'indiscipline, on nous faisait sortir des rangs avant le réfectoire. Et là, monsieur Alain, un laïque chargé de la surveillance, un costaud, nous demandait : la joue gauche ou la droite ? Il enlevait sa bague en argent, genre bijou libanais. Il fallait répondre haut et fort. Notre voix montait dans la cour qui choisissait son sort… Monsieur Alain ne nous loupait pas. Si on esquivait la claque, il se déchaînait… Je n'oublierai jamais ces humiliations. Le reste des élèves attendait l'exécution de la sentence pour s'attabler. On pouvait être cinq, six à défiler pour être giflés.

Puis on retournait dans les rangs, la joue cuisante, la marque de ses doigts près des yeux, pleurnichant sur la portion de purée… Lui remettait sa bague, satisfait, signal du déjeuner.

– Revoyez-vous d'autres pensionnaires ?

– Avec le temps, nous n'aimons pas trop en parler à l'extérieur. Pour la plupart, ce fut une blessure… On s'en est sortis. J'ai une famille, des enfants, et deux petits-fils. Oublié.

– Comment pourrais-je procéder ?

– Écoutez, je veux bien vous aider, me répondit Masson en saisissant son sac d'où dépassaient des légumes et une baguette. Je passerai le message à deux ou trois anciens avec qui je suis en contact. L'info remontera peut-être un jour ou l'autre. Laissez-moi votre téléphone.

Je sortis un billet pour régler les consommations. Masson se leva. Derrière nous, un type avait inséré une pièce dans le flipper. La balle d'acier cognait partout. Des chiffres ronds s'affichaient au compteur.

– Allez, au revoir. Ma femme m'attend pour déjeuner.

– Selon vous, le fait que je resurgisse maintenant pourrait-il le gêner, je veux dire, par rapport à son entourage d'aujourd'hui ? Peut-être ne leur a-t-il rien avoué ?

– Je n'ai pas de réponse à ça.
– Au revoir, monsieur, merci encore.
Mais il n'y eut rien durant des mois.
Je négligeai cette piste.

11

Dans un carnet Muji, acheté à cet usage, j'avais rassemblé toutes ses « preuves de vie » afin de constituer une première ossature du personnage Bouk. Mon dossier ne demandait qu'à s'étoffer au fil des indices. Voilà ce que j'en savais :

— Louis Noël, dit Bouk, alias Attitya, natif de la région d'Angkor, ville de Siem Reap, Cambodge.

— Taille moyenne. Teint mat foncé, presque boisé, cheveux et yeux noirs. Visage de type khmer. Parfois, un tic à l'œil et dans la main (tremblement).

— Il aurait quitté l'Indochine entre 1952 et 1954, à l'âge d'un an, deux ou trois ans. Serait arrivé en France à la période de Noël.

— *Première hypothèse* : il existerait un lien entre Bouk et un « contact » privilégié de mon grand-père, qui opérait en Asie, par exemple avec l'un de ces hommes d'affaires ou un diplomate. Cet homme, un Cambodgien, un Français, un Américain, se serait senti menacé au moment où l'Indochine s'embrasait. Il aurait fait émigrer sa (seconde??) famille en

France. Puis l'affaire aurait mal tourné. Bouk aurait été alors le seul à atteindre Paris. A la maison Boissier, on soupçonnait que cet enfant avait échappé à quelque chose ou quelqu'un. Sa pension était peut-être payée par son vrai père resté au Cambodge, ou retourné en Amérique, voire planqué en France, et que Papé relayait discrètement.

— *Deuxième hypothèse* : s'il ne peut être rattaché à Ronan, l'officier brestois – leurs dates ne se recoupent pas –, Bouk pourrait l'être à mon oncle Pierre ou, à travers lui, par ricochets, via un ami, à une femme aimée, un obligé, un créancier. Il manque toutefois un élément, un raccord.

— *Troisième hypothèse* : juste un orphelin déraciné, isolé, sans argent. pris en charge par divers organismes, au moment de la fin de l'Indochine française. Évacué d'une zone bombardée, ramassé par les services de la Croix-Rouge, ramené en France avec d'autres anonymes. La paroisse, l'évêché ou des amicales font le reste. La famille de ma grand-mère était originaire de Villeneuve-Saint-Georges, bourgade contiguë à Morangis. Celle-ci avait gardé des amies et des relations, notamment à l'évêché. Un petit monde charitable.

— Inscrit à Saint-Martin-le-Désert, à Morangis. A fait sa communion solennelle en 1964. L'établissement a fermé en 1974. A été été inscrit aux Orphelins d'Auteuil où il a suivi une filière mécanique. Sa dernière adresse connue, une chambre au 20, rue des Ruguets, à Montreuil, m'a mené à un immeuble récent tout en verre, occupé par des bureaux, en lieu et place de l'ancien bâtiment. Les commerçants, un boulanger, un charcutier, un quincaillier dont la boutique faisait l'angle, ne se souvenaient « *d'aucun monsieur asiatique en particulier, non, c'est que, sans être désagréable, ils se ressemblent tous, n'est-ce pas ?* ».

— Perdu de vue à la fin des années soixante-dix. Il n'a plus donné signe de vie depuis : ni lettre, ni appel, aucun message.

— Selon la légende familiale, Bouk serait rentré au Cambodge après la chute des Khmers rouges, au début des années quatre-vingt. Il se serait installé sur place, avec ses économies, ayant investi dans une ferme piscicole, une plantation. Ou il aurait ouvert un commerce de détail, une concession automobile. Par un injustifiable (mais réconfortant) retournement de situation, on estimait depuis que c'était Bouk qui nous avait lâchés.

*

Dans les pages suivantes, j'avais recopié la liste des cent deux homonymes de « Louis Noël » résidant en France, suivis de leur adresse et de leur numéro de téléphone. L'un après l'autre, ils avaient été barrés, avec la date et l'heure de mon appel.

Un soir de découragement, j'avais agrémenté le carnet d'un dessin de ma composition : un enfant qui courait droit devant lui, entre des rangées de palmiers. Il cavalait comme s'il voulait sortir de la feuille de papier, « *les cheveux aux quatre vents* ».

Avec précaution, j'avais collé les quatre photos sauvées.

– Sa communion solennelle au milieu d'autres garçons en aube et de quelques bonnes sœurs (*Saint-Martin-le-Désert, 1964*)

– Le jardin de la maison Boissier où, au premier plan, en blazer de l'orphelinat, il rit de bon cœur, décoiffé mais un peu absent. Printemps. Des feuilles partout. Nos ombres sur le gravier. Un nuage joufflu stationne au-dessus de l'antenne-râteau de télévision. (*Louis au jardin, 1964)*

– Une fête de famille où, autour de la table de la salle à manger, nous essayons de tenir tous dans le cadre, en nous pressant les uns contre les autres, dans un mouvement improvisé et drôle. Bouk s'est amalgamé à cet enchevêtrement de coudes, de bras, de visages et de rires. Échappant à ma grand-mère, Mozart est monté d'un bond sur la table. Flou sur la nappe immaculée, c'est une comète blanche. (*Anniversaire d'Irène, mai 1965*)

– Enfin ce dernier cliché, sans doute de 1966, où nous nous tenons tous trois, avec mon frère Filou, sur la plage de Pontaillac, près de Royan. Un grand souvenir !

Nous n'y sommes allés ensemble qu'une fois, de façon exceptionnelle, d'un coup de voiture, avec le chien à l'avant qui se sentait mal dans son panier, pour un week-end de trois jours. Sur la côte atlantique, au milieu d'autres villas tarabiscotées – Les Flots, La Brise, Les Mouettes –, Papé possédait la sienne, grosse et jaune, sertie dans un bosquet d'acacias et des rosiers. Les arbres du jardin lui avaient donné son nom. On disait : villa Acacia.

Cette maison, achetée cash grâce à une opération boursière, nous intriguait. D'abord, parce qu'elle avait surgi inopinément dans la famille sur une lubie de mon grand-père. Ensuite, à cause de son aspect (plate, rectangulaire, multipliant les terrasses et les baies vitrées, avec son solarium en ciment et sa rampe) et de ses fondations inhabituelles puisqu'elle dissimulait en dessous... un blockhaus allemand. La villa Acacia était bâtie sur son toit ! C'était, en fait, une maison à double-fond. De la rue, une pelouse pentue en effaçait le stratagème. Après la haie, on accédait au perron en croyant gravir un talus naturel, planté d'arbres et de bosquets à fruits rouges. Mais un blockhaus se cachait sous l'innocent glacis.

Si, au premier niveau, salon-salle à manger, jolie terrasse de part et d'autre, tout paraissait normal, il suffisait de pousser la porte de la chambre du fond, celle de Tata Atomic, pour découvrir une amorce de couloir et trente marches dégringolant dans la pénombre. Elles menaient à ce bunker de la dernière guerre. Immédiatement, nous l'avions imaginé hanté par des soldats de la Wehrmacht à qui, personne, depuis 1945, n'aurait annoncé la fin du conflit.

– Ils survivent en bouffant des boîtes de conserve périmées. Que des papys en uniforme ! Dans le noir total.

– Avec des cheveux et des barbes de deux mètres qu'ils ont fini par tresser pour ne pas se marcher dessus…

– Et devenus aveugles car ils n'ont plus vu la lumière du jour.

Toutefois, nous n'osions descendre sans Papé par cet escalier à peine éclairé de meurtrières, à huit ou dix mètres sous le niveau du jardin. Là, il fallait déverrouiller les deux portes en acier faisant sas, tourner un volant cranté, pénétrer dans une coursive protégée par un pas de tir de mitrailleuse, atteindre un couloir plus large, passer deux chambres nues en béton armé, pour rejoindre, après une embrasure aux gonds rouillés, la salle de commandement où mon grand-père entreposait ses bordeaux et deux tonnelets de cognac…

Personne, bien sûr, dans ce dédale qui résonnait comme un tombeau. Deux chaises en paille, d'anciens bas-flancs militaires superposés. Des tuyauteries et ses soupiraux. Des rails, des glissières à obus. Rien. A part, ce grand cerf effrayant, barbouillé à la peinture industrielle sur le dernier mur, celui du fond.

Qui l'avait peint ainsi, si poisseux et dégoulinant de rouge ? Quel Boche devenu dingue sous les bombardements ? On aurait cru le personnage échappé d'un conte fantasmagorique : le portrait d'un homme métamorphosé par un sortilège et condamné là, dans la pénombre, à une immobilité éternelle. S'il affichait une tête presque humaine – yeux fendus, vides au centre, deux traits pour ses pommettes hautes –, il possédait la carcasse d'un taureau couplé à un mouflon. Cinq cornes acérées, réparties sur son crâne, imitaient une main ouverte qui faisait signe. Face à l'hypothétique visiteur, la bête se dressait, prête à combattre ou à déguerpir. Un centaure ?

Pour nous, il était le gardien du blockhaus, qui nous toisait et nous défiait. Où que nous soyons dans la pièce, son regard ironique nous poursuivait. Oui, l'animal fabuleux détenait le secret de la maison double. Il était le symbole d'une autre vérité. A nous de creuser.

– Vous me suivez ou non ?

Nos voix résonnaient derrière le grand-père qui tenait la torche. Le monde là-haut avait disparu, étouffé.

Sur cette dernière photo, datant de cet unique séjour en commun à la mer, trois jours à peine, nous posons quelques heures plus tard sur la plage du Casino, adossés à ce haut mur de soutènement en moellons qui, incliné, contient les vagues lors des grandes marées. Début juillet. La lumière est haute. Il y a là, à gauche, après les tentes rayées et les mâts à drapeaux, l'inévitable Club Mickey pour les petits et, posé sur le surplomb, l'enseigne électrique du « Rancho » où se retrouvent les parents. On joue aux boules devant chez « Judicio » avant les crevettes de l'apéro et le muscadet. Les voiliers ont été hissés au sec sur la plage. Ils gisent navrés sur le sable.

Bouk est plus grand que nous, plus solide et plus fier. Nous portons chacun un polo de couleur, un maillot de bain, des espadrilles à semelle de corde. Nous pourrions être des frères même si nous avons l'air moins « chinois » que lui. Je m'en fiche. Bouk nous protège en aîné : il casserait la gueule au premier emmerdeur. Il l'a répété devant le marchand de sucettes Esposito où nous prenons des caramels salés.

– A n'importe qui !

Les copains des villas 1900 ont fait la moue. Ils craignent ce type. Ils sentent que Bouk, ce frère qui n'est pas le nôtre, n'est pas comme tout un chacun : il n'a pas de limite. Il ne ressemble à personne : il ne sait pas nager. Et pour rien au monde il se risquerait dans les premières vagues.

Il se contente de rester à la lisière de l'eau qui glisse et s'étale sur le sable, frangée d'écume, et de nous observer, la main en visière au-dessus des yeux, en faisant des allers-retours pour ne pas se mouiller.

C'est ma photo préférée. Bouk rit sous cape et nous aussi. Dans son dos, sans que le Papé ne le sache, il dissimule cette invraisemblable paire de lunettes, rondes et noires, plus volumineuses que de raison, achetée à prix d'or à un camarade sur la plage. Par-derrière, nous cherchons à les lui chiper, d'où cet air rigolard que nous arborons tous trois. Il s'agit d'un modèle « *de magicien extra-lucide* », comme spécifié en gros caractères sur l'emballage. Les verres sont de fabrication américaine : dessus, à partir d'une lentille grenat, une spirale noire s'élargit sur un fond blanc, tournoyant sur elle-même. Le sens est inversé entre le verre droit et gauche. L'appareil donne à qui le porte une tête impossible de Martien ou de personnage de *cartoon*.

– Les images sont traitées aux rayons X, nous explique Bouk qui ment comme un arracheur de dents.

Au grand soleil, cet appareil, digne d'un agent de la CIA, « *interdit d'utilisation sur le territoire français* » répète-t-il, lui permettrait de voir les gens tout nus, oui, à poil, c'est ce qu'il assure. Mieux encore, en réglant la molette sur la branche de la lunette, soit en programmant au maximum l'intensité du rayon que les capteurs des patins décryptent, d'entrevoir en chacun de nous… le squelette qu'il contient.

– Franchement, ça fait drôle de vous voir cavaler avec tous vos os !

Il garde son appareil sur le nez et ne veut pas le prêter.

– Vous ne le supporteriez pas !

Entre deux parasols et les tentes, Bouk s'est installé un observatoire. A plat ventre sur sa serviette-éponge, il mate les filles et leurs mamans qui tricotent sur leurs pliants, la fente ourlée de leur sexe sous leur maillot humide. Au passage des plus jolies qui s'ébrouent en criant sur le sable chaud, il se tortille et grogne de plaisir. Ou simule.

En attendant, nous nous cachons dès que nous sortons de l'eau, convaincus qu'il nous perce jusqu'à la moelle, qu'il *voit* à travers nous, trottinant en maillot avec notre si peu de consistance. Ces lunettes lisaient peut-être aussi à travers nos humeurs et nos âmes ? Et qu'auraient-elles révélé ?

Où sont-elles aujourd'hui ? Les aura-t-il emportées au Cambodge ? A moins que le soir du retour, dans la rage qui devait le saisir à l'idée de remonter sur Paris, il ne les ait jetées dans les massifs de roses de la villa Acacia. Elles y seraient encore, brisées.

12

Pour en avoir le cœur net, j'avais pris ma voiture afin de me rendre à Morangis, à une vingtaine de kilomètres au sud de Paris, dans l'Essonne.

A la sortie n° 5, comme l'indiquait le plan imprimé sur internet, j'avais suivi la direction de Chilly-Mazarin, traversé le bourg en empruntant l'avenue Pierre-Brossolette et, après un rond-point, trouvé à me garer rue du Général-Leclerc. En toile de fond, sur un ciel de verre bleu, les avions d'Orly laissaient leurs rayures d'écume.

La rue incurvée menait à l'église ocre. De part et d'autre de la voie, prises entre des barres de HLM, on trouvait quelques maisons bourgeoises, certaines arborant sur leur fronton des faïences imagées. Plusieurs portes cochères, vestiges de fermes cossues, dissimulaient des garages, des remises et des appentis. Sur la place autour de laquelle un bar-tabac, une laverie et une pizzéria tenaient trois des angles, une fontaine désaffectée servait de rond-point. A intervalles irréguliers, surgis de nulle part et y redisparaissant, des vélomoteurs vombrissaient comme des bourdons. Partout, la campagne s'étalait, avec ses champs au carré, ses serres et ses bâches tendues sur les semis.

J'avais trouvé aisément même si la plaque en cuivre qui en ornait le pilier d'entrée (*Orphelinat Saint-Martin-le-Désert, Institution catholique*) avait été retirée. Il en restait le carré pâle et les trous des fixations. C'était bien là, derrière la grille vert foncé : quatre bâtiments trapus, en brique et crépi, reliés par une toiture de tuiles. Une croix chrétienne surmontait celui de gauche, le plus élevé, dont le fronton était percé d'un oculus.

Par chance, le portail, sur lequel une chaîne et un cadenas tenaient d'habitude les vantaux, était resté ouvert. Il y avait des travaux. Après avoir servi de salle des fêtes, l'ancien orphelinat deviendrait un espace culturel, une salle polyvalente pour la commune.

Trois camionnettes d'artisans étaient stationnées dans la cour. La toupie d'une bétonneuse tournait au milieu des tilleuls déchaussés dont quelques-uns, trop anciens, avaient été abattus et débités en bûches rosées.

J'avais hésité mais, puisque personne ne me demandait rien, je m'étais risqué de quelques pas dans l'ancien orphelinat, celui de Bouk. Puis, enhardi, contournant les bâtiments, j'avais poussé dans la cour de derrière, vaste et rectangulaire, où l'horloge murale et le sifflet des surveillants commandaient aux pensionnaires. Sur le flanc, le bloc des toilettes communes avait été démonté. Au sol, des ronds et des carrés à la peinture marquaient encore abstraitement l'aire de jeux collectifs dont on avait retiré les poteaux, les cages à but et les portiques aux agrès.

Sur un triangle de pelouse râpée, juchés sur son socle, un centurion romain en pierre offrait toujours la moitié de sa toge à un manant. Saint Martin. Le sculpteur n'était pas si malhabile mais ses deux personnages, un peu grossiers sous son ciseau, n'étaient pas très expressifs. Il manquait en plus une jambe au mendiant. Et le glaive brisé du Romain avait été depuis remplacé par une tige de fer du pire effet… Derrière le parterre, un kiosque à musique surélevé, garni de balustrades, coupait la perspective. Là, aux beaux jours, les enfants de la chorale chantaient en canon. Et tournaient en rond sous le soleil déclinant, en grappes désolées.

Je revins vers les bâtisses, passai une tête prudente par une fenêtre. Des coups de marteau résonnaient à l'intérieur ; un escalier en bois montait vers les étages ; du carrelage fissuré menait à des buanderies et, comme l'indiquaient des flèches, à un économat, une infirmerie, une enfilade de bureaux.

– Vous bossez avec Gérard ? me cria un type en bleu de travail qui portait une caisse à outils.

– Non, je viens… pour la Sécurité civile. Les contrats d'assurances, si vous voulez !

– Ah ? fit l'autre, impressionné. Vous avez vu Simon, alors ?

– Ensuite.

Je poursuivis sans encombre ma visite et fis quelques photos. Derrière, la façade orientée nord-est se révélait plus austère. Et même si du temps avait passé, que les bâtiments avaient connu un autre destin, on percevait encore la tristesse des lieux comme si le désespoir de ces centaines d'orphelins avait imbibé jusqu'à la pierre de la statue, les buissons, les allées arrondies, le ciel de Morangis.

J'étais chez Bouk. L'une de ces fenêtres au deuxième étage avait été celle de son dortoir. Il y scrutait les avions, la caravane des nuages. Prisonnier. Pauvre vieux frère !

Au bout du parc, ou de ce qui en tenait lieu tant les engins de travaux l'avaient rudoyé, il y avait encore ce haut mur composé d'une pierre poreuse parsemée d'alvéoles qui clôturait la propriété. Une dizaine de mètres de hauteur sur trente de long. Arqué, il s'adossait à une petite colline – on distinguait la crête d'une houle végétale le couronnant –, derrière laquelle filaient les routes, glissaient les avions d'Orly. Les enfants la surnommaient « la muraille ». Comme il nous l'avait raconté, elle était pour eux à la fois leur limite, leur frontière et un espoir. C'est ce qu'ils voyaient de leur dortoir par les fenêtres au verre presque violet sous les étoiles grésillantes ; leurs regards venaient y buter. Début et fin des choses connues. Colonnes d'Hercule.

Pour ces malheureux, le monde qui tournait sans eux commençait après, derrière. Certains parmi les plus rebelles, les plus âgés, s'étaient d'ailleurs juré de le dépasser un soir et de s'échapper. Parvenus là-haut, ayant senti dès le bandeau de faîtière l'immensité d'un ciel qui les ferait plus grands, plus intenses, plus libres, ils se seraient jetés sur l'autre versant, gagnant les rails, à l'exemple des *hobos* dans les plaines américaines ou du jeune Kim en Inde britannique, cachant le froid de leur cœur dans le froid de la nuit.

Je n'ai jamais su si l'un des gosses avait tenté l'escalade. Saint-Martin-le-Désert avait ses secrets qui ne filtraient pas. Cependant, pour réussir son coup, il aurait fallu posséder un grappin, des cordes, entretenir quelques complicités pour le guet. Prendre des risques. A commencer par sortir du dortoir, en déjouant la surveillance de monsieur Alain, le pion, ou d'un tour de garde du concierge, débonnaire mais vigilant. Puis déverrouiller les portes de palier et descendre dans la cour qu'illuminait la lune, ayant serré dans un sac des provisions chapardées à la cantine (du pain, du chocolat, une boîte de thon), et un peu d'argent dans la poche, de quoi tenir… Et, dehors, une fois le franchissement réussi – au minimum, des mains et des genoux en sang, et la chemise déchirée ; au pire, une chute, deux côtes cassées, une jambe brisée –, suivre à la lettre le plan prévu malgré l'incertitude et l'angoisse, l'inconnu des villes : dédaigner l'aéroport, sauter sur la margelle d'un wagon de train, rejoindre ensuite d'hypothétiques relations qui les hébergeraient… Enfin, gagner le Sud, les ports cognés de soleil, les paquebots des Messageries, retrouver la vague de la vie. Mais personne ne les désirait, n'aurait aimé les voir surgir de la nuit. Pas même leurs tuteurs. Que faire de ces chiots puant la sueur, le sang frais et la chiasse à deux heures du matin ? Sinon appeler la police, les ramener à l'orphelinat, les rendre aux bonnes sœurs et à la colère de monsieur Alain.

J'avais fait les cent pas devant la muraille, passé la paume dessus, senti la rugosité de ses moellons mal jointés. Pourquoi pas ? Alors m'étant assuré qu'aucun ouvrier ne m'observait des bâtiments et ne viendrait me retenir au dernier instant par la manche, *hé, vous, là, vous êtes frappé ou quoi, descendez tout de suite, qui vous a permis d'entrer ?*, bâtiments desquels s'échappaient des invectives, des coups de masse et ce crissement laborieux de scie électrique, je m'étais lancé sans réfléchir, j'avais resserré les lacets de mes chaussures, enlevé ma veste pour la rouler en boule dans mon sac en bandoulière, remonté mes manches de chemise et tenté l'escalade. Un appui, un deuxième. Facile au début. Garder trois prises et chercher la quatrième, la main libre tatônnant sur la paroi, ne jamais regarder en arrière. En souvenir de Bouk, plus de trente ans après.

En dépit d'un tremblement qui m'avait paralysé à deux ou trois moments de l'ascension, j'avais réussi tant bien que mal à progresser, prise par prise, vers le bleu du ciel, combattant mon vertige dès lors que j'atteignis cinq mètres, six, sept mètres… En dix bonnes minutes, j'étais parvenu en haut et, gardant mon équilibre, m'étais relevé en m'accrochant aux premiers arbrisseaux du glacis. Deux doigts en sang, un avant-bras râpé, et un accroc à mon pantalon, qu'importe…

Les mômes avaient raison : du sommet, Saint-Martin ressemblait à un vieux manoir anglais en carton-pâte et la statue du généreux centurion était ridicule. Les avions qui clignotaient dans le ciel transparent rendaient le coin plus étrange encore, comme artificiel. Même à cinq kilomètres de là, on aurait cru de grosses maquettes tenues par des fils sur un fond de papier crépon. Tout était-il donc faux ?

J'avais admiré deux Airbus qui approchaient au ralenti des pistes scintillantes, le son puissant de leurs réacteurs décongelant le silence. Ensuite, sans attendre, j'avais dévalé la pente ceinturée par un grillage gondolé ; il me fut facile de passer en dessous. La petite route blanche luisait à gauche, droite, plein ouest, filant entre les champs atones jusqu'au chemin de fer. Je ne pensais plus qu'à Bouk. Pour lui et pour les autres, j'avais hurlé à tue-tête, les « *cheveux aux quatre vents* » :

– Merde à monsieur Alain !

13

Puis ce fut l'année du cyclone Linh… Une Eurasienne, bien plus jeune que moi, qui me submergea, me balaya. Et, par contrecoup, exacerba ma recherche de Bouk.

Nous avions fait connaissance rue de Bretagne, dans une galerie d'art que je suivais de loin en loin, parce que Jean-Marie, son propriétaire, était un copain de mon frère, Filou, vivant aux États-Unis. Cette fois, il s'agissait d'une installation vidéo d'un artiste polonais. A même le sol de béton brut, une trentaine de téléviseurs, disposés en une spirale rappelant le dessin d'une ammonite, diffusaient des images d'ouvriers en grève. Vociférant, déchaînés, la plupart étaient vêtus d'une combinaison frappée d'un logo Toyota. Ils affrontaient des policiers antiémeutes en lignes derrière leurs boucliers en plexiglas. Selon un logiciel aléatoire, cette séquence en boucle laissait place par moments à une éruption volcanique, sans doute le Stromboli, un jour de colère. Sous les pales de l'hélicoptère qui tournait en rond au-dessus du site et filmait la scène, des langues de lave dévalaient en diverses diagonales, lentes ou plus rapides, les pentes carbonisées du cratère. On apercevait des voitures miniatures s'enfuir par une route en lacet, des gens minuscules courir parmi les fumeroles. Puis les flics à l'uniforme sombre revenaient pour fondre sur les ouvriers Toyota, brisant leurs rangs à coups de matraques et les repoussant de leurs boucliers transparents. Après s'être dispersés sous la poussée, ces derniers finissaient par se ressaisir et, armés de perches en bambou, de barres de fer et manches de pioches qu'ils avaient en réserve, remontaient à l'assaut, le rang des policiers pliant à leur tour avant de se reformer plus en aval dans la rue, et ça volait de partout, ça hurlait, tandis que le Stromboli s'intercalait encore entre eux, rouge, béant, bulleux, les scories lançant des étoiles sur le magma, chaque coulée devenant le tentacule d'une pieuvre minérale qui emplissait l'image, tandis que du Bach, mixé au synthétiseur, ronflait entre les baffles fixés derrière les colonnes. C'était l'œuvre.

On murmurait ; un malaise s'insinuait parmi les invités. L'artiste, un petit type polonais avec des lunettes Ray-Ban Wayfarer et une veste vanille sur un tee-shirt lacéré, se dandinait entre les convives, indécis. Il se voulait plus intelligent que tout le monde. On ne le lui permettait pas.

– Vous n'appréciez pas ? C'est fort pourtant ! chuchotait l'un, perfide.

Il se murmurait qu'un critique réputé assassinerait l'artiste dans son papier du week-end. Offrant ses catalogues, Jean-Marie, le galeriste, tentait de faire bonne figure. Mais personne ne voulait acquérir l'œuvre-DVD numérotée du Polonais, vendue dans du papier d'aluminium.

Linh portait une frange coupée court au-dessus des yeux et, sorte de plumet de chevalier, une queue-de-cheval au sommet du crâne. Grande, cambrée. La bouche cerise. Un bijou brillait entre ses seins, le signe Pi. Sur sa nuque glissaient, vipères étudiées, trois mèches fines.

Je feignis la gaieté et tentai ma chance. Elle m'accorda quelque attention. Ses yeux veloutés de chat où, par la suite, je décelai un léger décalage entre les pupilles, m'observaient avec aplomb. Nous nous rapprochâmes du buffet où l'on servait des bières japonaises, du whisky irlandais, du champagne et des mezze. Elle mettrait du silence entre les mots comme si elle traduisait ce qu'elle disait.

– Agent 3,14, je suppose ? tentai-je, en lui désignant son bijou Pi.

Elle prit du champagne et moi aussi.

– Deux grandes flûtes, demandai-je au serveur.

Et ma phrase me parut idiote comme si je parlais de nous.

– Vous connaissiez l'artiste ?

– Disons que je suis une amie de Jean-Marie. Je reçois ses cartons.

– Les amies de mes amis sont mes amies.

– Le monde est si petit ?

– En tout cas, il est rond ce qui permet de se retrouver, un jour ou l'autre. Mais, en fait, j'allais partir. Je vous invite, si vous voulez ?

– Où ça ?

– Je connais un endroit où l'on dîne au calme, sans charge de flics ni volcan en fusion. En lisière de Paris. Plutôt exceptionnel, non ?

– Exceptionnel, sûr ?

– Oui, puisque vous serez là.

Elle hésita puis, alors que le Stromboli reprenait ses éructations de lave, lançant au ciel ses postillons de feu, saisit son écharpe fleurie.

– Pour voir, comme on dit au poker !

Nous hélâmes un taxi, et j'emmenai ma conquête dans ce restaurant indochinois que je fréquentais depuis des années, non loin de Bel-Air, près des anciennes voies de la Petite-Ceinture. On dînait à l'étage dans des compartiments à banquettes sous des lampions en papier. Une carpe blanche somnolait dans son aquarium au fond duquel, sur un lit de gravier, parmi des plantes, gisaient des figurines de scaphandriers en plastique et une malle au trésor dont le couvercle avait des hoquets – des bulles crevaient alors la surface de l'eau plate. Le drapeau khmer frappé à l'effigie d'Angkor occupait tout un mur.

Linh ne connaissait pas l'endroit. Elle s'extasia sur la centaine d'objets disposés sur des étagères : poupées de danseuses, bouddhas de bois piquetés d'encens, panoramiques sépias de temples, vases à l'effigie du roi Sihanouk, pochettes de disques kitsch. La cuisine et l'ambiance familiale ravirent mon invitée.

– Vous allez me trouver pédant… Mais, dans la mythologie grecque, il y a un éphèbe dont le crâne s'orne d'une unique touffe de cheveux, le *kairos.* Trois possibilités s'offrent au voyageur qui croise son chemin : ne pas le voir, le voir et n'en rien faire ou le saisir sans retard.

– Dans ce cas ?

– Grâce à cet instant juste, doublé du geste parfait, la situation se renverse : la vie change pour l'un et l'autre. En vous apercevant, j'ai eu envie de saisir votre plumet de cheveux !

– Toujours si rapide ?

– J'ai surtout l'impression de n'avoir plus assez de temps…

Nous avions parlé de nous, d'elle, styliste dans une boîte de mode, qui dessinait des accessoires, du design, des motifs pour textile, puis de moi, de mon travail de journaliste-pigiste, de l'Asie bien sûr, cette obsession que nous avions eue chez nous pour cette partie du monde. Ensuite, je lui évoquai en quelques mots la figure de Bouk. Elle ne broncha pas. Comme si mon histoire la gênait, qu'elle était inappropriée, que cela ne la concernerait jamais.

– Tutoyons-nous !

– Je vais t'avouer quelque chose, Lucas : à la Galerie, je me suis demandé si tu n'avais pas, toi-même, un peu de sang asiatique ? Tu pourrais avoir un quart de…

– Un compliment ?

– Ce qui fait ton charme, en tout cas.

– Vous me troublez, mademoiselle Linh.

– Toi aussi.

– Disons que j'imagine qu'à force de rêver sur ces régions-là, d'avoir plusieurs générations de parents qui y ont vécu, on s'est asiatisé à notre tour, par empathie, mimétisme.

– Je prends quand même. Mais, rassure-toi, tu as bien un long nez d'Européen !

Comme elle me l'expliqua à son tour, Linh était française par son père et laotienne par sa mère, ethnie montagnarde des Hmong, de la région des Cent Mille Monts. Au milieu des années soixante-dix, en franchissant le Mékong à hauteur de Vientiane, achetant à prix d'or leur passage et leur filière, sa famille avait fui le régime communiste, réussi à pénétrer en Thaïlande puis à s'installer en Europe en obtenant un statut de réfugié. Ils n'avaient pas eu alors trop le choix. Direction : Montceau-les-Mines. Une bourgade de Saône-et-Loire où, selon une décision administrative assez absurde, on regroupait à cette époque migrants asiatiques et Européens de l'Est. Il y avait du travail dans les ateliers de mécanique. Les Asiatiques étaient dociles et travailleurs. Son père, un Français, gros concessionnaire Peugeot, avait eu le béguin pour sa jeune mère. Linh était née tout de suite.

– Étonnant comme parcours !

– Je me sens française, à cent pour cent. D'ailleurs, je ne comprends ni le lao ni le hmong. Ou à peine. Comme mes frères cadets, j'obligeais ma mère à ne parler que le français. Il n'y a que la cuisine et le shopping où j'ai des préférences pour…

– Explique-moi.

– Je ne voulais pas être différente des autres, c'est tout. Ça se lisait sur ma figure. Pas envie d'en rajouter.

On reprit du vin, du gingembre. Les clients s'en allaient et nous restions, accrochés.

– Aujourd'hui, je veux m'amuser, voyager n'importe où, et gagner du fric pour le dépenser !

Qu'importe si, au fond, je pensais tout le contraire car, ce soir-là, j'avais envie de son visage triangulaire aux pommettes marquées, de croquer ses syllabes gourmandes, de goûter à sa peau ivoire qui absorbait la lumière. Elle avait un corps souple et fluide fait pour les baisers et les morsures.

– Tu es libre, enfin je veux dire…

– Par tempérament, me répondit-elle.

Elle eut ce sourire vainqueur qui me fit mal. Ses trente-deux ans pouvaient me tuer à bout portant.

Dans l'escalier, j'avais pris sa main ou, plus exactement, la mienne était venue se poser sur la sienne et toutes deux, l'une sur l'autre, comme deux choses indépendantes de nous mais douées de vie, avaient glissé ensemble sur la rampe.

En bas, Linh, tournée vers moi, avait murmuré :

– Hello, toi !

Nous étions revenus vers la Seine en nous tenant l'un à l'autre, son pas dans le mien, en suivant les quais. Tout était devenu pourpre, intense et déjà mélancolique. Sous les ponts, roulés dans des sacs, les clochards qui somnolaient nous regardèrent passer. Des anneaux d'amarrage luisaient comme autant de voyelles d'argent. Paris résonnait et il nous semblait, absorbés l'un par l'autre, que c'était comme un décor qui s'ouvrait pour nous seuls.

Notre premier baiser avait été ému et le second presque furieux. Nos bouches à la même hauteur s'accordaient, fraîches et avides, d'un même élan. Dans mes bras, elle était comme un animal sauvage, charmant, pris au piège. Elle avait un parfum suave, pamplemousse et pivoine, qui m'étourdit. Je lui trouvai la taille idéale, sentant la grâce de ses hanches contre les miennes. Elle rit et je ris à mon tour, ébloui de cette surprise de la vie, de ce qui battait plus vite en nous, et désirait.

– Tu sais, je n'habite pas si loin. En quinze minutes, tu…

Mais non, pas tout de suite, il lui fallait du temps, elle devait rentrer à Montmartre.

– Je me lève très tôt, prétendit-elle, j'ai un *shooting* de mode à huit heures au Studio avec l'équipe de production.

Je ne voulus rien brusquer, je n'étais pas sûr de moi, je craignais que quelqu'un l'attende.

On s'embrassa avec tendresse.

– Demain, alors ?

*

Oui, dès le lendemain, je l'avais rappelée à l'heure du déjeuner, et notre conversation avait repris, ardente, amoureuse.

– C'est moi.

– J'attendais votre appel, mister Lucas.

Je ne voulais plus me priver de sa voix, de ses hésitations entre les mots, j'aimais l'entendre respirer au bout du fil lorsque je répétais son prénom – chuchoté, il avait la délicatesse d'une fleur d'eau.

Comme moi, elle avait raccroché le téléphone à regret. Elle était occupée toute la journée, une maquette à rendre à un client, puis accompagnait sa cousine à un rendez-vous impossible à décommander.

Elle perçut mon dépit.

– Mais on peut se voir ensuite, ajouta-t-elle pour rattraper la situation.

A dix heures, descendu par le métro à la station Anvers, j'avais sonné à l'interphone de son immeuble. Elle avait répondu de son deux pièces sur les toits.

– Je monte ?

– Sixième étage.

Elle avait refermé la porte derrière elle, serrant la poignée dans son dos comme les actrices des films, et d'un bond s'était jetée dans mes bras. Nous avions siroté une vodka-litchis sur des nattes peintes, et parlé encore de nous en désordre et en vrac, admirant par sa fenêtre la basilique de Montmartre qui, illuminée, évoquait un logo de compagnie de cinéma.

Linh m'avait montré quelques photos d'elle, des dessins de mode, et aussi sa collection de cartes postales un peu spéciales qui, inclinées selon un certain angle, faisaient sourire des tigres, des enfants et des filles au clin d'œil équivoque. On avait bu encore et, sur son canapé aux mauvais ressorts, ses baisers avaient répondu aux miens, ses mains aux miennes qui m'encourageaient, me guidaient. Enfin, ondulant du salon à sa chambre, ma belle s'était dévêtue en deux-trois gestes pour s'étendre parmi des coussins et des peluches de pandas. Son petit haut avait émis un grésillement. Ses cheveux noirs et brillants avaient glissé, dénoués, comme une source brillante et noire.

– Viens, avait-elle soufflé.

Il ne lui restait qu'une petite chose transparente. Puis ma belle fut nue dans le rond de l'abat-jour sur lequel, par pudeur, afin d'en atténuer l'éclat, elle avait jeté un pull.

Linh avait des seins hauts et fermes et le sexe rasé.

J'avais fait comme j'avais pu après des mois de tristesse et d'abstinence.

– Tu m'as plu tout de suite.

– Miroir !

Nous disparûmes dans le désordre aquatique de ses draps. Ils étaient bleus.

14

Nous nous étions fréquentés huit mois de suite avec des hauts et des bas, des soleils et des moussons, du tonnerre, des déserts de quelques jours, et moi de plus en plus amoureux…

J'adorais me balader avec elle dans Paris, la guetter devant le portail de son Studio dont elle sortait avec un carton à dessins, la voir descendre de la deuxième porte de la deuxième rame du métro sur le quai à minuit, ou sauter d'un trottoir à l'autre, pour venir marcher à mon bras, sa joue précieuse pressée sur la mienne, et, à notre retour, de huiler et de masser ses pieds, ses pieds comme de petits animaux au repos dans mes mains, ou de lui laver sa chevelure magnifique comme à une délicate infante, avant de savourer sur son lit défait ces DVD d'importation, films hongkongais ou coréens, c'était notre récréation, nos complicités. A n'importe quelle heure, on se surprenait à danser sur un vinyle, à mariner de nouveau dans un bain de mousses, d'onguents et de sels, des verres de vin italien disposés en munition sur le rebord de la baignoire, jusqu'à ce que nous ayons froid, que nous nous sentions un peu ivres, requinqués ou sommeilleux, jusqu'à ne plus savoir si l'on devait se réveiller en avalant un double *iced-cappuccino,* comme disait Linh en accentuant les dernières syllabes, ou se rendormir emmêlés l'un à l'autre, pris par un sommeil d'ours, après avoir dévalisé le réfrigérateur et tiré les rideaux sur le soleil.

Le week-end, je me laissais entraîner par ses désirs et sa fantaisie. On pouvait aussi bien courir acheter des lanternes en papier, des algues déshydratées, un imperméable transparent et de la limonade couleur chewing-gum, puis nous régaler d'un plat de nouilles aux calamars, ravis de nous sous les tubes des néons, ou aller revoir les grès du musée Guimet et les céramiques du Cernuschi. Parfois, en pleine nuit, nous rejoignions à l'est de Paris ce grand hôtel déserté, seul vestige du complexe Chinagora, une affaire immobilière qui avait périclité. L'édifice abîmé offrait un jardin de bambous verts et des chambres discrètes donnant sur la confluence de la Marne et de la Seine. Il était notre île et notre bateau de pierre. Du balcon, nous regardions le temps s'écouler, entre les mouettes criardes, les pousseurs et les péniches à gravier.

Avec Linh, j'étais un peu comme en Asie et cet appétit ancien, celui-là même qui avait aimanté mon grand-oncle et mon cousin vers ces pays d'Orient, séduit aussi mon grand-père à sa façon, m'envoûtait à mon tour. A travers son philtre qui n'était que son allant et sa fantaisie, j'entrevoyais de nouveau ces maisons digérées par la jungle, le bungalow fracassé de l'oncle Pierre, les plaines d'eau courant vers le fleuve limoneux, les hévéas, les ruines d'Angkor cinglées par la mousson, et puis, bien sûr, furtive et floutée, la silhouette de Bouk dont le mystère me lestait toujours, me cadenassait au-dedans.

– Que veux-tu pour ce soir ? me demandait-elle, souvent.

– Toi puisque tout suivra.

– Que tu me fasses alors l'amour comme un naufragé jeté sur une île déserte.

J'obéissais volontiers, rendu dingue. Linh se substituait à tout.

J'en négligeai mon job de journaliste indépendant. Je n'écumais plus les rédactions, travaillais en pointillés, éludais les rendez-vous avec les rédacteurs en chef, prétextant une commande de documentaire pour Arte. J'écornais mes économies.

Un jour, aux Puces, dans un élan de tendresse, ma belle m'offrit une montre automatique, d'un modèle ancien. Elle luisait sur le velours d'une boîte de marchand parmi des broches, des épingles à cravate et des bagues à cabochon.

– Elle fonctionne sans piles. C'est le mouvement de ton bras qui la fait se remonter. Ta vie à toi, Lucas, qui lui donne sa vie à elle.

Rien ne me parut plus troublant. Je l'embrassai à pleine bouche parmi les badauds et les vendeurs de meubles *vintage*.

*

Bientôt, je ne voulus plus la quitter, je la couvrais d'attentions et de cadeaux, lui téléphonant dix fois de suite à son Studio, la poursuivant jusque sur son pas de porte, restant dans le noir en attendant sa clarté. Au bruit de son pas, son écho amplifié dans la cage d'escalier, le couloir s'allumait, je surgissais, je renaissais.

Notre histoire se gâta. J'y jetais toutes mes forces. A contre-courant, je saturais toutes les situations, je l'étouffais.

Incapable de rester devant un ordinateur, je devais sortir coûte que coûte dans les rues, marcher sous les arbres des squares, aller manger un *Pho* dans le treizième arrondissement dans la gargote où elle avait juré de me rejoindre, me rapprocher de ses « coins » à elle, l'épier jusque dans ses désertions et ses absences. Linh me manquait dès que je raccrochais le téléphone, sitôt descendue du taxi où je continuais la course, à la seconde même où, sortis du cinéma où nous avions été voir le dernier Wang Chao ou un Johnnie To, il lui fallait rentrer sur je ne sais quel prétexte, courbée sous un parapluie anis, avalée par la bouche du métro, m'échappant comme eau qui dévale la pente. Et si j'obtenais qu'elle reste, elle devenait alors par vengeance indocile et froide.

Je lui confiai un double des clés de Bel-Air, elle tarda à me donner les siennes, et lorsqu'elle le fit enfin, il en manquait une. Ma belle n'avait que faire de bâtir un couple : en dépit de ses sentiments, le futur autant que le passé la glaçaient. Elle ne désirait que le présent, un présent intense, renouvelé. Et pas d'enfant avant dix ans. Elle évoquait ouvertement l'Amérique du Sud.

– Le Brésil. Et la Guyane avant. Au moins un an. En face de Rio de Janeiro, tu vois ?

– Pour quoi faire ?

– Partir, juste pour partir. Comme on dit en bon français : « *Aller voir ailleurs si j'y suis.* »

– Et si tu n'y es pas ?

*

Bien sûr, un soir, je lui avais montré l'une de mes rares photos de Bouk, celle au jardin. Je l'avais détachée de mon cahier pour la glisser dans une pochette en cellophane.

On prenait le thé dans sa cuisine. Sans doute avais-je mal choisi le moment car ça faisait quatre nuits que nous dormions chacun de notre côté ? La tension s'était accumulée. Les rancœurs. J'étais parti bille en tête, elle m'avait lâché aux étapes. Avec cette photo, je lui offrais un moyen de réconciliation, un gage de ma bonne foi. C'est à peine si elle jeta un œil sur l'image décollée du carnet Muji. Elle reposa son mug, soupira, pour murmurer, agacée :

– Ces photos anciennes, surtout celles des autres, ça fiche toujours un sacré coup de vieux, non ? Il est vivant, tu crois ?

– Je le suppose. L'impression même qu'il sait que je le cherche.

Elle me rendit vite ce frère jaune comme si elle s'en débarrassait. Elle n'en voyait pas l'utilité ou en percevait la menace. Depuis le début, mon obsession asiatique l'intriguait et la gênait à la fois.

Ce serait notre dispute la plus grave.

– On ne distingue pas grand-chose. Un garçon au milieu des arbres. Finalement, si j'enlève le *pathos*, il a une tête commune d'Asiate.

Pourtant, c'était bien notre Bouk miraculeux dans le jardin de Viroflay, mon petit-grand-petit héros, avec sur le gravier ces ombres vacillantes qui étaient les nôtres, Filou et moi. Toute notre enfance résumée, nos rêveries, cette clairière idéale.

– Depuis le début, ton histoire me met à l'aise, Lucas. Vraiment ! Que cherches-tu ? Lui ou toi ?

– Je voudrais qu'il nous pardonne.

Elle embraya, cherchant à faire mal :

– Peut-être qu'il n'en a rien à faire de ta culpabilité de Blanc et de ta nostalgie de gosse de riche ? Il a dû refaire sa vie, avoir une femme, des enfants, un métier. Ton enfance perdue, tu crois qu'il la regrette ? Le dortoir aux orphelins ? Pendant que tu te pavanais en voiture de luxe…

– Qu'est-ce ce que tu peux comprendre à la nostalgie ?

– Je suis fille d'émigrée. Alors, épargne-moi tes refrains de descendant de colon. Tu es sentimental juste par peur de vivre, Lucas. Et ça te pèse car ça te retient. Lorsqu'on a été chassé de son pays, persécuté, la trouille au ventre, on dit stop à ce genre de trucs !

Elle s'était jetée dans le combat mais je ne me laissais pas faire. Il y avait à ce sujet entre nous un différend que j'avais mal évalué.

– Tu es née en France, Linh, alors arrête ton cinoche ! Bon Papa blanc a veillé à ton éducation. Ecole de la république !

Ça gênait mademoiselle d'être à moitié laotienne.

Elle avait bondi du fauteuil et virait dans la pièce.

– Tant que tu ne te seras pas dégagé de ce sirop, ce prétendu frangin qui est là et que tu ne vois pas, ou plutôt que tu vois et qui n'est plus là, tu n'arriveras jamais. Soit tu vas le chercher, soit tu restes chez toi. On tourne la page ?

– Merci, docteur.

– Lui n'a jamais tenté de te revoir ! Regarde la réalité : mister Bouk est invisible ! Si ça se trouve, il n'a jamais existé, tu l'as inventé. Oui, Lucas : tu as inventé ce double pour te protéger. Un truc psy. C'est ton vilain petit canard !

Ce sont ceux qui nous ont aimé qui nous flinguent le mieux. Mais je voulus lui porter un coup.

– Pour qui tu te prends, toi, avec ton malaise de métisse ? Oh, je la vois ta revanche ! Ton besoin de reconnaissance et de réussite sociale.

– *Funny boy !*

– C'est toi la drôle de nana ! Avec ton plumeau de cheveux et tes fantasmes sud-américains !

– Tu te la jouerais pas Marguerite Duras ?

Je me dirigeai vers la porte, amoché.

– Puisque tu ne cesses de vouloir partir, c'est moi, cette fois, qui me tire !

Elle me rattrapa sur le palier qui sentait la cire.

– Arrête...

– Lâche-moi la *boat-people* !

Le mot de trop.

Elle me balança le bouddha en bois veiné qui trônait sur son guéridon.

Je dévalai l'escalier, passai son porche, sonné.

Incapable de me couler dans la circulation, j'abandonnai mon vélo cadenassé à la grille et montai dans le premier autobus. Dépiauté nuit après nuit – un phare, une roue, la selle –, l'engin agoniserait plusieurs jours au pied de son immeuble, lui rappelant chaque matin notre amour bâclé. Maigre revanche !

Une demi-heure après, alors que je prenais mes esprits et un café du côté de la gare de Lyon, je tentai de lui téléphoner. Linh ne décrocha ni son fixe, ni son portable. Appartement vide.

Laminé par la situation, je poussai jusqu'aux voies de chemin de fer. Un dernier TGV ferraillait dans la nuit rougie ; quelques voyageurs en retard, leur sac en bandoulière, criaient après lui comme s'il allait les attendre. Le train disparut et les rails se mirent à luire, deux par deux, sur le plateau des voies, entre les palmiers en pots qui survivaient sous la verrière. J'achetai par réflexe le journal du soir au premier kiosque. Quel temps faisait-il à Saigon ou à Vientiane ? Pleuvrait-il sur Battambang ? A quand la mousson sur le Mékong ?

Je ressortis de mon portefeuille la photo de Bouk. Il n'était rien de plus qu'un petit gosse jaune souriant dans les heures enfuies.

15

Un mois avant cette scène, j'avais donné rendez-vous à Linh, porte de Vincennes, afin d'aller visiter avec elle le Jardin tropical, à l'est du Bois. Après avoir accueilli au tout début du siècle l'École d'agrononomie coloniale – mon oncle Pierre devait y suivre plus tard ses études, obtenant ce diplôme qui lui permettra de s'installer à Dak Mil –, le Jardin s'était ouvert à quelques pavillons de l'Exposition 1907. Depuis, le site tombait en ruines, abandonné, ses vestiges bouffés par le lierre et les ronces. Avant qu'ils ne disparaissent, je voulais admirer la porte chinoise aux idéogrammes délavés, le pont aux nagas, les pagodons, ces quelques statues patriotiques parmi les plantes proliférantes.

Je guettais Linh dans un café, à l'angle de l'avenue Daumesnil. Aucun message. Pour patienter, je m'absorbai dans les colonnes de mon journal. C'est alors que, se détachant du flot des familles rejoignant le lac, une jeune femme s'était approchée de ma table, pressée, souriante. Elle portait une robe d'été aux motifs fleuris. Une barrette-papillon enfantine retenait ses cheveux sur le côté, dégageant son front. Une boule bleue sur un fil transparent ornait sa gorge. A son bras, l'anse d'un sac hippie.

Dans un anglais approximatif, derrière ses lunettes fumées cerclées de blanc, qui lui donnaient l'air d'un poisson aveugle remonté des abysses, elle s'était adressée à moi :

– *May I... this chair ?*

Sur un ton sec, j'avais répondu à cette touriste :

– J'attends une amie et celle-ci est réservée.

Puis, me radoucissant :

– Mais si vous voulez, j'en prendrai une autre.

Mais la fille s'était assise en face de moi, sans gêne, avec culot, elle ne m'avait pas compris. D'ailleurs, elle avait retiré ses lunettes extravagantes pour les poser sur la table. Ne cachant plus ma mauvaise humeur, j'allai la virer illico.

– Ne vous gênez sur...

Ce n'était pas une touriste anonyme mais bien ma Linh ! Mais une Linh différente de la femme que j'aimais, une Linh qui me cachait quelque chose de terrible. Face à moi, une grande fille rouée et cachottière.

– Avoue, donc, tu m'as pris pour une autre ?

– Je ne te connaissais ni ces lunettes, ni cette robe, moins encore avec cette coupe de cheveux.

– Tu avais l'air furax !

– Ta frange… En retard comme toujours.

– Je suis Linh. Tu es là, toi ?

Elle minaudait mais elle était aussi embêtée que moi de ce quiproquo. Notre gêne avait persisté.

Nous n'avions pas loué de bicyclettes pour rejoindre le Jardin tropical - elles nous auraient séparés - et nous avions avancé vers l'arrondi du lac, inquiets l'un de l'autre, sans nous lâcher, jusqu'à ces deux autres pavillons, rescapés cette fois de l'Exposition coloniale de 1931, ceux du Cameroun et du Togo, transformés depuis en temple bouddhiste. L'un d'eux hébergeait la statue dorée d'un énorme bouddha. A l'occasion de fêtes, les Khmers de la région parisienne s'y retrouvaient.

On entra. Il y avait du monde et du bruit. Au premier étal, cherchant à détendre l'atmosphère, je lui avais offert une écharpe en coton, un *krama* pourpre, qu'elle noua aussitôt… Puis nous avions dégusté une pâte verte, très sucrée, avec du thé brûlant. Enfin, nous nous étions installés à l'écart de la foule et des braseros où grésillaient des brochettes de viande et de crevettes, loin des panneaux didactiques qui expliquaient la tragédie de ce peuple, les guerres, le génocide, photos à l'appui. Après tout c'était dimanche en France, nous ne nous aimions presque plus, pourquoi en rajouter ?

Au pied du bouddha ceint de guirlandes de fleurs, quelques bonzes chevrotaient au micro une litanie gutturale que répercutaient des haut-parleurs. Plus loin, des grands-mères vêtues de noir proposaient dans des barquettes du riz au poisson pimenté, des bouchées au riz gluant. Dans une ambiance de kermesse, des jeux d'argent s'étaient improvisés sur des cartons, à qui parierait sur le crabe, la crevette, le tigre ou le panda.

Un orchestre s'exerça dans la cour. Quatre ou cinq danseurs tournaient séparément, en formant une ronde.

– Jamais venu ?

– Il m'est arrivé de rôder par là, sans oser entrer.

Il devait y avoir trois cents personnes d'origine cambodgienne, nombre d'enfants piailleurs, des couples, des ados en tee-shirt, des anciens avec des cannes. De quelle façon les plus âgés avaient-ils pu quitter ou éviter l'enfer des Khmers rouges ?

Linh se montrait tendre. Elle approuvait tous mes propos, elle riait à tout. Ma fée avait à se faire pardonner. Elle avait dû recontrer quelqu'un. Linh savait que je tenterais l'impossible pour la retenir.

La chaleur était montée d'un cran. A distance des palissades, des libellules effectuaient leurs vols stationnaires puis filaient vers les échassiers du zoo qui les gobaient avec distraction. Sans doute pleuvrait-il dans l'après-midi ? Une musique aigrelette jouée au *chapey*, une guitare courbe, vrilla l'espace. Ce fut comme un signal car, alors, la foule s'ébroua vers la Pagode où quelque chose allait démarrer, un discours, une prière, l'instant des offrandes au Bouddha devant qui, dans des assiettes en carton, les plus dévots avaient piqué des bâtonnets d'encens et laissé dans les corbeilles des fruits, des friandises et des billets pliés.

Un homme fit baisser la sono, se saisit du micro et s'exprima en khmer. Il portait lui aussi un *krama*.

– Retournons à Montmartre, dit Linh, je vais te faire passer tous tes tracas.

– On oublie le Jardin tropical ?

– Pourquoi pas ?

Et c'est au moment même où nous nous apprêtions à rentrer que quelqu'un avait crié parmi les Cambodgiens de Paris ce nom court et flambant qui, volant comme un oiseau par-dessus l'herbe, les nattes et les ramures du lac, était passé au-dessus de nos têtes en un éclat cuivré, compact et sonore. Un nom prodigieux qui m'atteignit comme un boomerang de soleil.

– *Louis !*

La scène se figea et, en écho, j'entendis une seconde fois :

– *Louis !*

Aussitôt, je m'étais levé pour scruter les Khmers qui glissaient devant moi et, les bousculant, en remonter la colonne confuse.

Par miracle, Louis-Bouk était-il là ?

Fébrile, je les dévisageais les uns après les autres et chacun de ces hommes endimanchés, d'une timidité presque ombrageuse, me renvoyait mon regard avec étonnement. Mais, non, ce n'était encore une fois qu'une masse compacte d'inconnus où je ne reconnaissais aucun visage, pas un trait, pas un regard, qu'un flux lent et anonyme qui ne savait rien ni de lui ni de moi, un troupeau étiré et las dont je ne tirerais aucun indice, aucune piste, de très remplaçables indifférents montant vers la pagode où la sono avait repris du volume, effaçant déjà dans le vacarme son nom court de hautbois, et mélangeant la foule à elle-même en des volutes, de puissants tourbillons.

Y avait-il parmi ces hommes qui allaient se recueillir, ces rescapés de la guerre et des horreurs, quelqu'un qui aurait pu être mon frère d'enfance, le Louis de la maison Boissier ? Oui, le même mais rentré vainqueur d'Angkor, réinstallé en France avec ses cheveux blancs, ses rides, mon ami d'autrefois ?

– Qu'est-ce qu'il y a ? s'alerta Line.

– Tu n'as pas entendu ?

Non, elle n'avait pas entendu.

Je l'abandonnai précipitamment et, franchissant l'enceinte, sortant du temple, j'avais dépassé tout ce petit monde, les pelouses combles, l'ombre du Bouddha, les grappes de vélos attachés aux arbres, pour m'arrêter sur la berge.

Personne.

Mais son prénom continuait à retentir au-dedans de moi, *Louis, Louis, Louis,* comme si, en se trahissant pour se signaler, il m'avait appelé en se nommant. Pour réapparaître.

Après le pont, trois barques glissaient, innocentes, parmi des copeaux de lumière. La boue formait une croûte autour des pelouses. Sur l'eau, pâle comme du verre, un cygne perdait ses plumes. Alors, de nouveau, quémandant son aide, je cherchai Linh. Mais ma fiancée ne m'avait pas suivi, elle s'était arrêtée à un étal, au milieu d'une nuée de jeunes filles qui gloussaient, pour marchander un étui Kitty pour son portable.

Sans gêne, elle me héla pour me demander, laide pour la première fois :

– T'aurais pas cinq euros ?

Sous le dôme des marronniers, je déchiffrai la mort rieuse sur son visage.

16

D'où venait la faille d'où tout, ensuite, avait craqué ? Peut-être n'y avait-il pas eu d'événement particulier mais plutôt une érosion de chaque jour, des mauvais flux qui nous avaient ensablés…

Un lundi, Linh, dopée par les vitamines de son projet, acheta son billet d'avion pour Cayenne, Guyane française, pour rejoindre un oncle à Cacao, commune de Roura. Ce planteur lao, dont elle se prétendait parente, avait gagné des millions dans les ramboutans ; il lui avait proposé de venir ; elle irradiait, touchée par ce rayon extraordinaire.

– Un aller avec un retour *open.* Sur un Boeing d'Air Caraïbes !

Ce dernier mot me terrassa. Il me parut le plus maudit de la création, *caraïbe,* puisqu'il me retirait son amour.

Linh pousserait au Brésil pour danser. Elle n'avait plus que ça en tête : danser ! Je la voyais déjà, nue sous un paréo, avec sa peau radieuse, ses seins gonflés, tout ce qu'elle ferait avec un autre que moi, *samba, samba,* du sel et du soleil dans les yeux.

Linh-qui-sentait-si-délicieusement essayait des robes et des sandales, des chouchous de couleurs et des dizaines de maillots-ficelle de quelques centigrammes.

Linh-qui-dormait-dans-mes-bras virevelotait chez elle avec des roulements de hanches et des bras tenus en l'air, le volume de la chaîne à fond, fenêtre ouverte, *je me moque des voisins, mais alors à un point !*

Linh-qui-me-faisait-l'amour jouissait déjà sans moi de ce nouveau monde dont j'étais exclu.

Non, je n'étais pas Chico Buarque, pas plus que Caetano Veloso, je ne ressemblerais jamais à Seu Jorge. J'étais malade des plages d'Ipanema et, surtout, de l'idée abracadabrante qu'elle s'en faisait puisqu'elle ne m'y emmenait pas. Les syllabes épicées de São Luis, Bahia et autres Brasilia me brûlaient comme piment. Elle danserait collé-serré dans une cour en ciment en buvant des *caïpirinha,* cet alcool qui lui faisait tourner la tête, la jetterait aiguisée, dans le regard et les bras des autres. Je l'imaginais rire entre les hamacs où des hommes près d'elle riraient aussi, heureux du rhum et du tabac, et leurs mains grossières la caressant au passage. Quelques images d'un reportage m'étaient revenues en mémoire : dans la forêt amazonienne, au milieu des carbets, une douzaine de *garimpeiros* entourant une femme à demi nue, soûle, poussée au sol. C'était une mise aux enchères, à qui offrirait le plus de billets pour posséder la métisse. La tension était extrême parmi ces types usés par la pioche et rongés par le mercure. Sous les regards atroces des autres, la putain irait s'empaler sur le vainqueur, à même la boue de latérite.

– Au soleil tropical, tu sais, tout est si facile, tout est si bon ! répétait Linh jusqu'à s'en persuader.

*

C'est à cette période où Linh décida de me quitter que plusieurs articles consacrés aux sites angkoriens parurent dans la presse française et américaine. « *Angkor est encore plus grand !* », alla jusqu'à titrer le journal *Le Monde*.

S'appuyant sur les images satellitaires fournies par la Nasa et les analyses affinées des archéologues, la presse rapportait en effet que, en dépit de ce qui avait été estimé jusque-là, la cité – ou plutôt la succession de capitales empilées sur près de cinq siècles – se serait étendue sur plusieurs milliers de kilomètres carrés. Sous la couverture forestière, huit cents bassins-réservoirs et quatre-vingts autres temples, dont on avait repéré les vestiges, pouvaient désormais lui être rattachés dans un maillage de canaux, et de bassins artificiels. En période de mousson, cette ingénierie au pied des monts Kulen régulait le déluge ; en saison sèche, elle assurait au contraire un approvisionnement régulier pour les rizières. Par extrapolation, Angkor aurait fait bien plus que sa surface supposée, abritant entre 500 000 et un million de Khmers. La plus grande « ville » de l'époque !

Pourtant, le mystère de son abandon restait inentamé. Une hypothèse : arc-bouté sur son réseau hydraulique, ledit Empire angkorien, à force de se ramifier, se serait affaibli. Ou le débit des pluies ayant changé et le réseau ayant été mal entretenu – les alluvions perturbant les flux et les retenues –, l'équilibre aurait été bouleversé. Le paludisme se serait développé. Pressé par des royaumes annexes, troublé politiquement et divisé religieusement, il aurait périclité. L'article du *Monde* s'achevait ainsi : « *Chaque petite pièce de savoir va devoir trouver sa place dans un raisonnement à venir, permettant d'expliquer comment, pour reprendre la formule du directeur adjoint Australie du GAP (Great Angkor Project), les Khmers d'alors, fous d'architecture, ont eux-mêmes édifié leur passage vers la non-existence.* »

J'y vis une métaphore. *Retourné à Angkor,* Bouk n'avait-il pas lui-même, au sortir de Saint-Martin, effaçant les indices, organisé sa dissolution, son propre passage vers la non-existence ?

Il était temps que je me rende au Cambodge.

*

Nos adieux avaient été maladroits et ratés – comment les réussir ? L'avant-veille, nous avions fait une promenade dans son quartier et puis, à force de tourner en rond, tout encombrés de nous, nous avions fini par rejoindre au hasard de nos pas contrariés le musée Gustave-Moreau, rue de La Rochefoucauld. Un répit ? Mais dans l'hôtel particulier transformé en atelier, les toiles mythologiques du peintre, pour la plupart vénéneuses et entortillées, ne nous avaient guère émus. Telles deux âmes en peine, nous avions erré entre les coffres à aquarelles, les cadres pivotants, les céramiques et les antiquités en plâtre, sans émotion, sans partage, admirant au passage, chacun de notre côté, à l'autre bout des salles, les œuvres du maître. A quoi servaient, entre deux miroirs chantournés, ces nymphes, mi-fées, mi-sorcières, et ces demi-dieux tatoués d'arabesques s'ils ne partageaient pas un peu de notre vie humaine ?

Nous passâmes de sa chambre au salon trop décoré. Un jardinet triste laissait chanter des oiseaux. Sur les guéridons, dans les bibliothèques, tous les objets du maître et les bibelots étaient de pauvres choses sans ressort. Comme nous.

Ultime tentative, Linh avait tenu à prendre une photo de moi dans l'atelier du maître, où le parquet encaustiqué brillait comme un miroir. On accédait à l'étage par des marches en spirale. Coup du sort, son appareil s'enraya alors que, bras ballants, défait, je tentais de prendre la pose. Nous étions rattrapés par ce qui nous bouffait : l'absence, la rancœur navrée, la pente irrémédiable. Nous n'avions jamais été aussi proches qu'à cette heure où nous nous séparions, lézardés par ce que nous sentions en nous se défaire, l'amour, les jours et les nuits partagés, ces choses et ces endroits qui parlaient de nous. Et je la revis me donner sa bouche dans ce bar de cinéma, à Montmartre, où, à quatre heures de l'après-midi, nous avions bu une coupe et ri ensemble de tout et de rien, dans l'onde pailletée des heures. Il y a dix mille ans.

– N'insistons plus, conclut-elle.

Je la serrai contre moi, humant le parfum de ses cheveux. Elle disparut, avalée par l'escalier, sa couette dodelinant sur la tête semblant m'adresser un dernier signe.

Le lendemain, Linh déposerait dans ma boîte aux lettres un papier de soie contenant son bijou Pi. Elle ajouterait un mouchoir avec une empreinte au rouge à lèvres. Et ces mots :

– *L'Asie t'attend.*

Cela me parut magnifique et dérisoire.

17

Sur l'écran inséré au dos du siège de devant, un avion symbolisé filait droit devant lui en laissant des pointillés lumineux. Des villes, des fleuves inconnus s'égrenaient à onze mille mètres sous nos feux de position ; la nuit s'étalait partout à l'est.

Je n'étais pas venu si souvent dans cette partie du monde. Une fois en Thaïlande. Il y a dix ans, un bref séjour à Singapour pour rejoindre un couple d'amis qui prenait en gérance une maison d'édition. Un reportage à Hong-Kong. Pour autant, je n'avais jamais posé le pied sur ce qui avait constitué l'ancienne Indochine, m'y refusant. Je la gardais pour le moment opportun comme une boîte à trésors. Bouk pouvait y être.

Depuis quelques jours déjà, je n'arrivais ni à lire, ni à m'intéresser à quoi que ce soit d'autre. Mon voyage me plongeait dans un état alternatif d'excitation et de désarroi qui me laissait sans forces. Je mangeais peu et je dormais mal. Durant le vol aller de la Vietnam Airlines, si je parvenais à m'assoupir, c'était pour me réveiller aussi vite, contrarié, en sueur. A chaque fois, le même rêve chaotique me happait : tentant d'éviter des rochers vers lesquels un courant irrésistible me drossait, je me voyais lutter contre le flot, à coups rageurs de jambes qui ne portaient pas. Une fois sorti de l'onde, je prenais pied sur une virgule de sable où mes pas laissaient des traces imbibées. Il régnait une luminosité d'aquarium qui s'intensifiait jusqu'aux abords d'une grotte saturée de lianes et de fleurs. Par un phénomène de dédoublement, comme si je me surplombais, je me voyais alors marcher, j'étais plus petit que la normale, à la fois plus agité et plus inquiet, et par extraordinaire j'arrivais à distinguer à travers la cage de mon thorax le fruit rouge battant du cœur. Cela ne me surprenait guère. Car quelque chose de plus fort que tout, tapi dans la grotte, m'attendait. Lui ?

Le soleil grossissait en hématome. Bientôt, il pénétra dans la carlingue tandis qu'une terre travaillée se rapprochait du hublot. A gauche, un fleuve déroulait ses méandres. Pour en avoir si souvent rêvé, je le reconnus à ses biefs, ses racs et ses zigzags, et à mesure que l'on perdait de l'altitude ses jonques et ses bateaux ultrarapides, ses rizières collées à lui comme un damier assoiffé, ses viviers et ses mangroves, mais surtout à sa formidable couleur de terre liquide, vert sombre et chocolat, puissant et majestueux serpentin fertile : le Mékong.

Quelques semaines auparavant, sur l'idée d'un reportage photo consacré aux nouvelles hypothèses du monde angkorien, j'avais contacté l'École française d'Extrême-Orient. Leur secrétariat m'avait fourni les mails des archéologues basés à Siem Reap, ville limitrophe des ruines, dont celui du professeur Ferdinand Boulle, patron des fouilles. Les articles publiés dans les revues spécialisées montraient un type énergique, assez musclé, en bras de chemise Safari. Après quelques échanges de courrier électronique, l'archéologue avait accepté de collaborer. S'il parvenait à se dégager un peu de temps, il m'emmènerait même sur certains sites. L'un des magazines auquel je collaborais finit par me commander le sujet. Un photographe sur place fut contacté. J'achetai un carnet Moleskine pour mes notes, des bandes pour le minimagnéto, de quoi dessiner.

Au Cambodge, après un vol en connexion à Hô Chi Minh-Ville – dont je n'avais vu que des hangars numérotés, des bâtiments techniques, des pistes lessivées par la pluie, quelques employés dans des gilets à bandes autoréfléchissantes, une succession de couloirs et d'escaliers mécaniques climatisés –, j'étais sorti en titubant du hall de l'aérogare de Siem Reap, bien plus petit et provincial que le précédent, rattrapé dès la douane et le bureau de change par la fatigue, le décalage horaire et la hausse de la température.

Des choses minuscules vibraient dans les houppes des borassus. Partout, des palmiers à sucre rivalisaient de hauteur. Ça sentait le brûlé et la terre, le feuillage et l'humidité. Le ciel était d'un gris presque cendré, légèrement menaçant.

J'avais hélé un taxi pour me faire déposer à l'hôtel Victoria. L'établissement, imitant le style colonial, tout en bois de teck, était confortable et bien situé face aux Jardins royaux, à proximité de la rivière. A la réception, une préposée en *sampot* m'informa que j'avais déjà un message. César Gang, photographe, se tenait à ma disposition, logeant en ville dans une pension.

On me servit un jus de fruits après m'avoir proposé une compresse parfumée, roulée comme un nem.

– Toujours aussi chaud ?

– La mousson arrive. Il y a des mois où c'est pire, *sir*. Voici votre clé, me répondit l'employée.

Je m'étais promis de me mettre au travail tout de suite mais le courage me manqua. Au deuxième étage, ma chambre donnait sur un jardin au bout duquel, derrière des bambous, montaient par échos les voix des clients dans la piscine. En sourdine, la télévision diffusait une énième version de *King Kong*, où l'actrice hollywoodienne, une blonde oxygénée, criait comme si elle jouissait dans la main velue du gorille. Je coupai le son.

M'étant accordé une sieste, je sombrai sur le lit sans avoir aperçu ce gecko aux pattes ventousées dans le maillage octogonal de la moustiquaire. Il veillerait sur mon sommeil, la tête en bas.

J'avais le bijou Pi autour du cou.

*

En fin d'après-midi, j'avais contacté le secrétariat du professeur Boulle, et pris rendez-vous avec César Gang. Le gérant du Victoria, un Français du Sud-Ouest, sympathique et obligeant, voulait me faciliter les choses.

– Si l'on peut vous aider ? N'hésitez pas, tout le monde se connaît ici, à Siem Reap, du moins dans le microcosme des expatriés et dans l'administration locale.

– J'aurais aimé obtenir les contacts des principaux orphelinats de la région d'Angkor. Les plus anciens, les établissements laissés par les

Français, ceux qui fonctionnaient dans les années soixante. Service personnel.

– Inattendu mais aucun problème. Je vous laisserai un message, répondit-il avec gentillesse.

Il faisait plus lourd encore. Le tonnerre roulait maintenant ses mauvaises humeurs au nord, près du mont Kulen. Il pleuvrait sans doute ce soir ou à l'aube sur les jardins, les buffles, les temples, les ruines et les hommes. Il pleuvrait aussi sur les hautes futaies, les arbres à génies, les tigres, les cascades comme sur les affluents grossis du fleuve et les villages des clairières. Il pleuvrait enfin sur la ville et le Tonlé Sap. Chacun attendait cette eau comme une délivrance. Et tant pis si elle coupait les chemins de terre rouge et noyait jusqu'au moindre sentier ouvert à la machette. C'est la forêt qui l'exigeait, la terre khmère qui avait soif du ciel, le sol qui voulait être boue et courir jusqu'au fleuve.

Mon collègue César m'avait rejoint au Bar de l'Aviation, un établissement de l'autre côté des Jardins royaux, ex-QG des reporters durant la guerre. L'endroit se voulait « branché » : une terrasse sur pilotis garnie de fauteuils en rotin et de méridiennes design, une bande-son compliquée, des boissons de couleur dans des verres outranciers. Nous nous étions croisés deux fois à Paris, lors de projections de presse. Il venait régulièrement en Europe.

Plus grand que la moyenne, l'air artiste, il portait invariablement une chemise Hawaii flottant sur un pantalon de toile, un Leica serré haut sur le ventre qu'il pinçait avec trois doigts, et des mocassins Ferragamo sur ses pieds nus, « *ma seule folie, j'en ai des dizaines* ». César Gang était coté comme photographe. Son travail durant la guerre en Irak lui avait valu un prix international. Il se trouvait à Bagdad lors des bombardements américains.

– Je leur ai expliqué : chez nous, au Vietnam, on a baisé l'armée yankee ! Mon père et mes frères aînés se sont battus contre leurs chars et leurs hélicos. Nous avons été, avant vous, des victimes de leur impérialisme à la con. Je me souvenais des bombardements des B-52 sur Hanoi, la trouille qu'on avait. Les sirènes qui hurlaient ! On se terrait dans les caves du quartier français. Par milliers à étouffer là-dedans et à pisser dans des boîtes de conserve...

– Et ensuite, en Irak ?

– Là, ç'a été pareil quelques jours, les missiles Tomahawk, les bombes à guidage laser sur Bagdad. Chaque nuit, ça repartait. J'étais assigné à un hôtel avec d'autres correspondants. Le building tremblait sous le souffle des explosions, des nuages de poussière dansaient sur la ville. Il y avait partout du sable et de la poudre de ciment, elle recouvrait le hall, les escaliers, la machinerie de l'ascenseur, le peu de nourriture qui restait. On se serait cru au fond d'une pyramide. Et cette obscurité trouée par la course et le fracas des bombes... Il ne fallait plus compter sur le gardien qui, sous une table, écoutait la voix du muezzin. Elle tournait en boucle sur la radio officielle. Devenu fou.

– Et comment tu...

– Je te résume le truc, l'administration de Saddam m'a ouvert les portes. J'ai même obtenu un « passe » du ministère de l'Intérieur, à Bagdad. Je passais les check-points au milieu des sections irakiennes, au garde-à-vous. Un jour, roulant plein sud pour rejoindre la région des marais – je conduisais une Buick immatriculée en Syrie et j'écoutais à fond les Rolling Stones sur la radiocassette –, j'ai fait du gymkhana au milieu des véhicules calcinés. Les Ricains étaient déjà plus haut. Des hélicoptères m'ont repéré. Alors je me suis fait cueillir par une patrouille : les soldats ont jailli de leur Humvee. De loin, avec leurs antennes radio, on aurait dit des abeilles dans le désert flou.

– Et ensuite ?

– Ils étaient sciés de voir un Viet en chemise à fleurs au milieu du désert ! Pas des rigolos. Mais j'avais ma carte de presse. Ça m'a sauvé.

– D'où tes fameuses photos…

César affichait une quarantaine satisfaite mais, je le verrai par la suite, assez déboussolée. Comme il me le détaillerait avec vantardise, il cachait à son épouse, dont il avait deux enfants, une seconde vie à Vientiane, au Laos, soit une autre femme, un troisième enfant. En gros, il passait les trois quarts de son temps à mentir et à jongler, son job lui servant de couverture. Pour l'heure, il logeait dans une pension médiocre, rabiotant sur les frais. Il guettait les appels de son agent, évaluant les filles comme un apprenti boucher.

– Alors, le sujet du reportage ?

– Les sites angkoriens, les chercheurs, leurs découvertes récentes.

– Tu me montreras ce qu'il faut faire.

Comme la plupart des photographes, Gang opérait à l'instinct mais restait à la surface des choses. Le résultat s'avérait excellent car il avait beaucoup de talent, du moins lorsqu'il daignait lâcher son portable qui sonnait sans cesse. Il en triait les appels avec méticulosité : sa femme, sa maîtresse, sa mère, des amis, une Anglaise. Par son agent, Gang attendait un contrat, hors normes, pour couvrir le tournage du prochain long métrage de Wong Kar-wai, dont il pourrait être le photographe de plateau.

– Je ne te cache pas que, même gratis, je le ferais. Au fait, c'est ta première fois à Angkor ?

– Oui. Tu sais que j'admire Wong Kar-wai ? J'ai vu tous ses films, même les plus abstraits.

– Pas encore signé. En principe, quatre mois de tournage à Hong-Kong.

Comment oublier les images et le mambo lent de *In the mood for love* dont, avec Linh, dans son appartement de Montmartre, nous nous étions repassé dix fois certaines scènes ? Si la quasi-totalité de l'histoire se déroulait dans le Hong-Kong des années soixante, les derniers plans avaient été tournés ici, à Siem Reap. Alors que les deux amants sont séparés, que le temps a presque détruit leur histoire, Chow, alias Tony Leung, un journaliste énigmatique et taiseux, « couvre » à ce moment-là l'arrivée du général de Gaulle dans le pays, en 1966. Il profite de l'occasion pour se rendre à Angkor Vat…

Dans le déroulé du film, ces extérieurs contrastent avec l'atmosphère étouffante des chambres d'hôtels, des couloirs-boyaux où les corps se frôlent sans se donner, des escaliers brouillés par les fumets des cuisines, jusqu'aux ruelles où, sous les néons des enseignes, glissent des taxis embués. Là, déterminé, en plein jour, Chow remonte les allées d'Angkor. Il n'appartient pas à la foule qui célèbre l'événement. Il arrive sur le site et, une fois franchies les douves d'eau morte par la chaussée ouest, y pénètre à pied. A grandes enjambées, Chow en remonte l'allée que le soleil pilonne. Il n'a pas un regard pour la délicatesse des apsaras, les dalles gravées, les pavillons dentelés ou les tours en forme d'ananas. A cette heure, il n'y a ni touriste, ni badaud. Aucun marchand de cannes à sucre, de jus de palmier ou de cartes postales. Le temple s'est vidé de toute présence. Il est le dernier homme qui s'avance. Pantalon noir, chemise blanche, cheveux gominés. Droit vers le rectangle central.

Chow s'arrête devant le mur de la deuxième enceinte intérieure. Près d'un linteau de porte, il a plaqué ses lèvres sur un trou de la muraille grenue. La caméra ralentit, elle s'immobilise, le frôle. Et tandis que la musique lancinante se réapproprie l'image, Chow y souffle alors son secret, celui de son amour rongé pour madame Chan, jouée par Maggie Cheung. Il a collé sa bouche à l'anfractuosité comme s'il embrassait l'édifice, comme si le grand vaisseau d'Angkor Vat avait seul le pouvoir de suspendre tous les effacements. Puis, après avoir rebouché la faille d'une poignée de terre, le journaliste revient sur ses pas et sort, échappant enfin à ses sortilèges.

18

Juste derrière la Conservation, où avaient été remisés des centaines de statues et des bas-reliefs sculptés – bouddhas en bois fossilisé ou en pierre, lions-atlantes, têtes de nagas dévoilant leur gueule à crocs –, deux bâtiments moutarde à toit de tuile formaient, après la rivière, un angle parmi des aréquiers. Plusieurs 4 × 4, frappés d'un sigle officiel, étaient garés dans la cour. Un planton nous ouvrit le portail du Centre archéologique. Il nous salua les deux mains jointes. Nous sautâmes de la Honda verte 50 cm^3 que Gang avait louée pour nous.

Au rez-de-chaussée du premier immeuble, on trouvait la bibliothèque, des magasins aménagés avec de hautes rangées d'étagères métalliques, une enfilade de bureaux étroits mais climatisés. Tout se jouait au premier étage : de retour du terrain, les archéologues, français et étrangers, à l'œuvre dans des programmes communs, y opéraient au milieu d'une batterie d'ordinateurs, dans une salle fractionnée par des semi-cloisons. Aux murs, punaisés sur des tableaux de liège, des relevés topographiques et des photos de terrassements où des bulldozers poussaient lame ou godet dans la boue, alternaient avec des croquis, des polaroïds chiffrés – une stèle, deux éléphants face à face, une inscription lapidaire –, des modélisations et des clichés satellitaires. On y reconnaissait Angkor Thom, la ville-capitale, Angkor Vat, la ville-monastère, la plaine du Tonlé Sap, les voies pavées et la résille des canaux.

– On se représente toujours l'archéologue comme un aventurier avec sa torche, progressant en soufflant de la buée dans un boyau secret, déclara un gaillard surgi derrière moi. Comme vous le voyez, c'est surtout du travail de bureau et d'études méticuleuses. Oh, bien sûr, les sites ! Mais avant, pendant et après, il faut des semaines pour recouper, compulser, et traiter les données. Pour autant, j'adore le terrain !

Je me présentai. Le professeur Boulle me broya la main avant de m'entraîner dans son bureau, auquel on accédait par un sas vitré…

Comme je l'avais noté à Paris en compulsant les photos dans divers documents, c'était un grand rouquin, la cinquantaine bien sonnée, costaud, avec sur un regard bleu froid des sourcils désordonnés. Même empâté, il avait conservé les manières d'un ex-militaire. Quinze ans au Cambodge. S'il était capable de faire des ronds de jambe dans les administrations et les organismes internationaux pour obtenir ses crédits, on le voyait bien crapahuter en forêt. Formé à la dure. Expéditif si nécessaire.

– Ces mecs font tous plus ou moins du renseignement, m'avait expliqué César. Ils connaissent les villages éloignés, et entretiennent des relations parmi les chefs tribaux sur les frontières. Facile pour eux de remonter de l'info. Il va renifler, à la demande. Un agent « dormant ».

Boulle prit ses lunettes à monture d'écaille, me dévisagea, puis les enleva comme s'il avait vérifié mon identité. C'était bien moi. Et il ne dormait pas.

Une carte du Nord-Cambodge dévorait le mur de droite. Des picots rouges ou bleus signalaient les chantiers. Sur des transparents, des flèches au feutre, des chiffres, des dates cerclées se superposaient avec méthode. A droite, trônaient une table lumineuse pour diapos et un mini coffre-fort chinois d'un vert sourd, doté d'une poignée à code.

Calé dans son fauteuil, les ordinateurs moulinant derrière lui, Boulle me dressa un premier topo.

– Nos missions sont diversifiées : des inventaires, de la conservation, notamment les manuscrits des monastères, de la restauration, comme le Baphuon, et des recherches, par exemple sur la structure d'Angkor Thom... Nous intervenons sur quatre sites emblématiques dans le cadre d'un partenariat avec les Cambodgiens. Un archéo pour chaque, aidé par une équipe. Je n'ai pas trop de temps à vous consacrer car nous avons reçu des données du labo central. On les traite en priorité.

– Quel genre ?

– Le résultat chiffré de trois carottages sur une zone vierge. Le prix que ça coûte ! Ça peut réorienter six mois de travaux. Il faut choisir. De même avec nos « bulls » : on les loue à l'heure. Chacun de mes chefs de chantier se chamaille pour en avoir quatre ou cinq heures. Que voulez-vous savoir ?

– Tout ou presque. Ces hypothèses. Le fait que l'on accorde à Angkor plus de superficie, d'ampleur. Plus de souveraineté. D'existence.

– Difficile pour nous, en tant que vieux scientifiques, qui avons le nez là-dedans depuis des années, de résumer notre travail. Angkor est un géant inconnu, submergé. Effondré. Nous opérons à l'échelle de fourmis. Tout est à faire.

– C'est-à-dire ?

– Vous pardonnerez ma franchise ? ajouta-t-il en se penchant vers moi au point que, gêné, je me tassai sur ma chaise.

– Je vous écoute.

– Nous avançons sur des interprétations, des intuitions. Parfois, ça prend dix ou quinze ans. La plupart de mes collègues ont renoncé à s'expliquer au quidam. On ne communique plus à l'extérieur tant que le résultat de nos travaux n'a pas été validé par la communauté scientifique. Alors un article de journal ! Comme du vent !

– Ne sous-estimez pas la puissance du vent.

– Ne le prenez pas mal ! Je vous l'ai écrit par mail, lorsque vous étiez en France, nous allons vous aider. On vous emmènera, vous et le photographe, sur les sites. Cependant, il faut comprendre que ce que le public appelle « Angkor » reste une zone complexe, étendue – certains de mes collègues avancent maintenant le chiffre de 3 000 km carrés –, où plusieurs capitales se sont établies. Elles bénéficiaient d'un réseau de chaussées-digues, de canaux, de rivières détournées, qui leur permettaient plusieurs récoltes par an. Puis elles ont disparu. Nous nous heurtons en fait à un problème de « lisibilité » : chacune de ces capitales, au moins une dizaine, ayant effacé ou s'étant substituée à l'autre. Ajoutons que les habitations en bois se sont volatilisées, brûlées, emportées par les pluies, rongées par les termites… A la surface, outre quelques bassins, les *barays*, on ne voit plus guère plus que la carcasse religieuse, les temples en dur, les bâtiments rituels.

– On parle désormais d'une ville géante, plus vaste que n'importe quelle métropole de l'époque…

– Qu'entendons-nous par « ville » ? Une ville au sens médiéval et européen – close de murailles, bâtie à l'intérieur sur des voies ordonnées, centrée autour d'un lieu de culte ou du pouvoir – ou un ensemble plus morcelé, disons un espace urbain, incorporant des lacs, des forêts, voire des rizières ?

Son portable émit trois bips. Il le négligea. Il passa sa main gauche sur son avant-bras comme s'il cherchait à masser une ancienne cicatrice.

– Où en étions-nous ? Angkor ! Pour vous donner une image : comme si du grand Paris, du Lutèce d'autrefois jusqu'à la Défense d'aujourd'hui, il ne restait plus à la surface que Notre-Dame et dix ou douze églises en ruines, quelques murs, plusieurs voies, le reste étant englouti par la forêt ou incorporé au sol. Nous sommes face à un « squelette » d'histoire dans une chronologie relative. Nous devons apprendre à le retrouver, à le décrypter. Comme des médecins légistes, faire parler le mort !

– Il faudrait conclure que…

– Pas conclure mais imaginer ! Car ce qui nous complique la tâche c'est que la « galaxie Angkor » a bel et bien existé avant, et a continué après les dates de l'empire dans lesquelles nous tentons de le circonscrire. Tout le prouve ! Si on dénombre plusieurs sites préhistoriques, le rayonnement des royaumes se prolonge aussi au-delà du XVe siècle. Vous suivez ?

– Presque.

– Pour paraphraser un écrivain de chez nous, Jacques Chardonne, je dirais qu'Angkor, c'est beaucoup plus qu'Angkor !

– Étonnant. D'autant que le site est recouvert par…

– La forêt est encore là, inextricable, on y progresse à la machette, au vingt et unième siècle ! Et comme c'est démesuré, parfois impraticable, elle vous étouffe. On n'a pas tout relevé, tout daté, donc on n'a pas tout analysé, tout compris, tout pensé. Une Atlantide terrestre dans le temps et la géographie !

– Écrire sur Angkor relèverait de la mission impossible ?

– Vous venez de faire un grand pas en comprenant que… c'est incompréhensible ! Amusant, non ? Cependant, je vous rassure, nous ne sommes pas dans le brouillard. Nos travaux et nos publications le prouvent. Il y a des résultats.

Nous avons réalisé une vidéo qui évalue les enjeux et met en perspective notre action. Voici le CD.

– Merci.

– Ça vous plairait d'aller au Baphuon ? Un temple-montagne du XIe siècle. Gilbert Fracard, le chef de chantier, est épatant. Son bouddha en miettes est sorti de terre – soixante-cinq mètres de long !

– Entendu.

– Rendez-vous à cinq heures du matin, l'heure du *briefing*. A l'ouest d'Angkor Thom. Prenez un *moto-dop*.

– Merci, professeur.

– Si votre bandit de photographe désire des clichés de la mission, *no problem*. Il aura accès au Centre et à la Conservation. Je vous souhaite une excellente journée…

– *Bandit ?*

Il se leva et me tendait déjà la main. Le téléphone dans sa poche de chemise se remit à biper. L'ordinateur cracha quelques données sur une bande passante.

– Ah !… De quelle nationalité est votre collègue ?

– Vietnamienne.

– Je ne le sens pas.

– Un excellent professionnel, cependant.

– Je me fie à ma première impression, c'est la bonne, j'aime pas sa bobine !

Sur la terrasse, l'air moite me reprit. Trois assistants en chemise, cheveux noirs et courts, fumaient des clopes sous le préau. Ils lorgnaient sur un ULM, deux sièges sous un tréteau d'acier fixé à une aile, frappée au sigle du Centre, ricanant entre eux.

– Nos étudiants… Un tutorat. Oui, ce petit engin rudimentaire surprend toujours mais il nous rend bien des services pour le repérage. Du ciel, on distingue le contour des bâtis bouffés par la jungle. Vous connaissez l'Asie, je pense ?

– Elle m'a toujours attiré. Une histoire familiale.

– C'est-à-dire ?

– Trop compliqué à expliquer. Comme Angkor pour un néophyte.

– J'apprécie votre humour !

En bas, la lumière poussait son grand triangle doré entre les murs moutarde. Monté de la rivière, un reste de vent agita la touffe des aréquiers. Puis l'immobilité et le silence ressoudèrent toutes les choses.

Par-dessus la rambarde, Boulle me lança :

– Une dernière question, que portez-vous au cou ? Un bijou ?

– Oh ! Le souvenir de quelqu'un…
– Trop sentimental, jeune homme !

*

J'avais laissé Gang à la Conservation. Il avait tenu à y prendre des photos à la chambre, notamment des trois salles où s'alignaient par ordre de taille les trésors récupérés, depuis plus de trente ans, dans les ruines de la zone. Un planton était allé à la pension récupérer son trépied télescopique. A gauche de l'entrée, deux nagas-balustrades imitaient des proues de pirogue ; un Garuda à bec d'oiseau écartait les bras sans chercher à accueillir quiconque. Mon photographe s'était faufilé au milieu de cent bouddhas impassibles, cherchant son meilleur angle.

Pour ma part, j'étais revenu à pied pour le laisser travailler, ignorant les appels des *moto-dop* à l'ombre des gargotes où l'on vendait des bières et des rondelles de canne à sucre. Sur près de trois kilomètres, je longeai la rivière de Siem Reap où, dans des coudes, des ordures flottantes formaient des virgules colorées. Je voulais prendre mon temps pour réfléchir et combiner au mieux la suite du reportage avec ma recherche personnelle. J'avais franchi le pont à hauteur du Grand Hôtel d'Angkor, palace à l'ambiance désuète. Au Victoria, j'étais monté à ma chambre pour visionner le CD. A cette heure matinale, l'étage était redevenu tranquille : le *room-service* était passé, la clientèle s'était égaillée sur les sites.

Je me fis un thé avec la mini-bouilloire et m'installai en bout de lit, avec carnet et crayon. J'insérai le CD dans le lecteur.

Dès les premières minutes, Boulle apparaissait à l'image devant un tableau noir, puis à son bureau, enfin devant des dossiers en piles dans la salle où s'affairaient ses collaborateurs. Pour ce jour-là, l'éminent professeur portait un pantalon beige sans ceinture, et un polo Lacoste bleu. Mais la vidéo ayant été mal copiée ou mon appareil de lecture s'étant déréglé (la télécommande répondait mal, la touche zoom se coinçait dans son logement), je n'avais pu voir que quelques minutes du film avant qu'une accélération des scènes n'en perturbe le cours puis, suspendues et bloquées, qu'elles se désagrègent l'une après l'autre, pixel par pixel.

Coupé en haut et en bas, le professeur lui-même n'était plus qu'un torse bleu, au nombril apparent, ridicule. Au premier plan, grossies par l'effet d'optique, ses mains s'agitaient devant lui, martelant l'air vide, pour s'escamoter parfois dans son dos. En fonction du déroulé contrarié des scènes, Boulle passait de la frénésie à l'étranglement. De temps à autre, la règle dont se servait le professeur surgissait du néant pour désigner sur une carte d'état-major des chaussées-digues, un bastion défensif, le réseau des réservoirs. Puis le torse du professeur réapparaissait, mutilé, tronqué. Des paysages chaotiques et pressés alternaient avec des ruines fixes. Lui poursuivait, insensible à l'affront des images bouleversées : « *Au fil des siècles, cette cité hydraulique, véritable serre artificielle étendue sur la plaine, reste liée à un contrat à la fois politique, agraire et technique, de surcroît à un ordre cosmique dans le sens où, ne maîtrisant pas le climat et donc les flux de l'eau, les Khmers devaient se concilier les dieux qui y présidaient, et sacraliser ainsi les sources des collines et les rivières plus en amont par un système savant qui...* »

Le générique final, un plan fixe d'Angkor Vat dans lequel s'incrustait le logo du Centre, concluait l'exposé de Boulle. Troublé, j'en avais reconnu aussitôt la musique exécutée sur un xylophone et une sorte de vielle, accompagnés de clochettes et d'un gong : par extraordinaire, c'était la même ritournelle que jouait autrefois le cousin Pierre une fois rentré en France ! Je me le repassai plusieurs fois, en revenant en arrière sur les images. Oui, c'était bien cette musique-là, mais plus tempérée, plus fine. Comment l'oublier ? Et sous l'effet de son philtre sonore, je revis alors distinctement à des années de distance, un peu de la maison Boissier, le jardin, ce vent frais agitant les rideaux du deuxième étage qui traversait de part en part la bâtisse de son souffle las, comme un fantôme dans le couloir, pour nous rejoindre en haut de l'escalier, et gagner, par l'autre fenêtre, dédaignant les crocus et les rhododendrons, la pleine forêt. Et c'était encore un peu de cette préhistoire de l'enfance qui me revenait, ce rêve douceâtre et troublant, inépuisé.

Souvent, Papé jouait cet air au piano, celui où Bouk s'obstinait à taper sur les touches, *arrête de martyriser cet instrument, il ne t'a rien fait !* Et c'était comme si, ces jours-là, notre grand-père baudelairien voulait nous rappeler des choses ou cherchait, lui, en une douzaine de notes, à se rappeler à elles. Le refrain était hypnotique.

– Pierre m'a appris cette chanson, le cousin d'Indochine. Il l'a ramené de là-bas. Écoutez !

Dans le salon de la maison Boissier, à l'approche du retour à l'orphelinat, elle nous inoculait, tel un virus implacable, des mélancolies de jungle, des craquements de jonques, des visions de moussons, un bruissement d'hévéas, de bambous et de palmes, jusqu'à l'écoulement du Mékong. Et parce que quelque chose d'absent et de lancinant venait en même temps nous tourmenter, nous nous sentions pareils à des voiliers loin des îles qui, surpris par un vent tombé, guettent le moindre signe annonciateur du ciel. Jetés face à nous-mêmes, nous nous retrouvions désarmés, électriques et agacés. Le tic-tac des montres et des horloges, le ahanement des trains entre les talus ou le ronflement d'une auto dans la côte nous brûlaient soudain, nous portaient des coups à l'estomac. On ne tenait plus en place ; il nous aurait fallu fuir comme cette panthère en bronze, feulante et cambrée sur le dessus de la cheminée du salon, cavaler droit devant nous, trouver le lieu où suffoquer aurait été respirer enfin. Oui, d'un bond, nous aurions voulu franchir grilles et talus, pour atteindre cette route qui se confondrait enfin avec le ciel, l'espace ouvert devant nous et en nous, l'immensité. Et Louis, en bas, pris au piège dans l'ombre triangulaire, pressait toujours sa tête aux beaux cheveux entre ses mains couleur de buis.

19

Je ne sais même plus si c'est vrai, je ne l'ai jamais su, le rêve et le réel se confondent jusqu'à former cet alliage, c'est encore dans la forêt de Viroflay, avec Bouk. Mes parents ont pris de l'avance, ils regagnent pour l'heure du thé le jardin aux agapanthes, ils le dégusteront sur des chaises en osier en lisant le journal ou les numéros saumon de la *Revue des Deux Mondes* à laquelle mon grand-père est abonné, et nous traînons derrière eux pour musarder encore, ramasser des bâtons, des escargots et des marrons, l'herbe est haute, et puis, sur notre droite, entre deux ramures, voilà ce drôle d'oiseau qui surgit, mal en point, volant à demi, la tête basse, cou cassé. Tout s'arrête.

Quel est cet animal qui tient du chiot et du hibou ?

Il cherche à se poser, il volette encore, traîne, chaque litre d'air pesant sur lui comme une enclume, atterrit comme il peut, comme on se jette, s'écrase plutôt avec un son mou. Il semble étourdi, aveuglé par la lumière, blessé. Ailes tombantes, respirant fort, il tente de reprendre quelques forces. D'une taille inhabituelle, il a des yeux noirs comme des billes. Un museau de fouine où suintent deux narines en creux. Un oiseau ? Mais Bouk s'en fout, il me tire par la manche, allez viens, cette créature va mourir, elle est condamnée, il le sait déjà… Mes parents s'impatientent, on ne peut s'attarder, le goûter est préparé, il y aura de la tarte aux pommes, et il faut prévoir le retour sur Paris et sur Morangis. Je rechigne puis cède. L'oiseau rampe derrière nous. Au terme d'un vol maladroit, il parvient à se hisser sur une branche basse, où il halète.

Nous rentrons.

Sur le sentier automnal, nous croisons alors ces trois gamins plus âgés et plus grands que nous, qui s'excitent les uns les autres. L'un brandit une fronde, l'autre une pique improvisée, le dernier, un gourdin et des caillasses. Ils nous interpellent, brutaux, mal élevés, connards.

– L'avez pas vu ?

Bouk hausse les épaules et poursuit son chemin vers la maison. Mais ils m'interrogent. Alors je ne sais pas ce qui me pousse, quel plaisir douloureux, mais c'est moi qui leur désigne d'un signe du menton la clairière où la chose se trouve, je leur livre ce pauvre animal, je leur offre sa douleur, ils acquiescent, ils en rient déjà. Ils jouissent à l'avance de son sang.

Les garçons se sont précipités. Comme je leur ai dit, l'oiseau est bien là, en effet, pauvre fruit vivant de plumes et de fatigue, et les bourreaux ajustent aussitôt leur victime de leurs armes, et la lapident. Touchée deux fois, son corps a résonné, et la bête après avoir tenté un dernier envol glisse et tombe comme détachée du décor. Cris en bas. Battements d'ailes au sol, râpement des pattes trop faibles...

Se méfiant de ses crocs, les mômes la contournent, l'encerclent, l'empêchent surtout de prendre son envol, puis d'un coup la tiennent percée de la pique, s'acharnent, la piétinent. Du sang gicle en saccades. Elle est mise à mort dans l'arène de l'herbe. Ils la fouaillent à l'aide d'un Opinel scotché sur un bâton. La voilà qui se débat au bout, sa gueule criarde et électrique, vite sans voix, baveuse, muscles tétanisés sous le pelage de foin gris-noir. Elle gargouille dans mon dos et crève. En un sursaut, elle tente de déchirer quelque chose de sa gueule hérissée – une jambe, une botte – mais retombe, trouée, vaincue. Ses deux ailes ont un frisonnement caoutchouteux, sa langue triangulaire pend comme sur un chien mort. Toute la carcasse coule et rompt par soubressauts. Sous des lèvres rétractées, des bulles ignobles perlent sur les canines d'un jaune ranci…

Bouk m'a entraîné à ses trousses, je n'ai rien vu du carnage sous les arbres fauves, j'ai tout deviné dans mon rêve, la chose est morte sous leurs coups, crevée comme une outre de pus. Ce trouble me pèse. Et, souvent, me réveille – si je m'étais tu, j'aurais pu sauver l'oiseau en leur mentant, gagner du temps afin qu'il se repose, égarer ses poursuivants. Et puis non, j'ai été un enfant pareil aux autres : j'ai voulu rester dans le rang, me soumettre à la force, m'acharner sur ce qui était différent. Plus facile.

L'oiseau des bois français avait des cousins dans les Jardins royaux de Siem Reap. Des centaines de ses semblables étaient suspendus aux eucalyptus du Parc, chiaient leur fiente sur pelouses et passants. Les chauves-souris d'Angkor qui, maintenant, me lorgnaient. Devineraient-elles mon secret de bête morte ?

*

Le vieux bonhomme tout sec s'était révélé plein de verve. Avec son français pincé, il m'avait subjugué par son allant. A demi chauve, il avait pris par coquetterie l'habitude de mouiller ses cheveux de derrière qu'il rabattait dans une imitation de mèche oblique. Six ou sept poils blancs et torsadés lui accordaient une barbiche à la Hô Chi Minh. Certes, monsieur Sambat postillonnait mais il montrait un tel plaisir à s'exprimer en français « *appris autrefois au lycée de Phnom Penh* », qu'on lui pardonnait volontiers.

Le gérant du Victoria me l'avait déniché en deux temps trois mouvements.

– Un ancien proviseur de lycée, il s'occupe d'un orphelinat à la sortie de la ville. Il connaît le pays comme sa poche.

D'un coup de taxi, je m'étais rendu dans l'après-midi à cet établissement. Monsieur Sambat m'avait accueilli avec bienveillance. Après un échange de compliments, quelques banalités sur la température, j'étais allé droit au but.

– Ce garçon aurait quitté le Cambodge au milieu des années cinquante, c'est ça ?

– Exactement.

Il toussota et se remit d'aplomb sur sa chaise. C'était un vieil homme à la voix presque féminine.

– Alors, si vous me le permettez, je dois vous suggérer qu'il devait être proche d'un *barang*, d'une famille de Blancs établis ici, en mission ou en poste.

– Dans quel sens ?

– Ceux-ci seraient intervenus pour lui, quitte à passer par un organisme officiel. Sans ça, il n'aurait jamais pu arriver chez vous. Pas si facile car, ici, les enfants poussent comme des fruits. Des orphelins il y en a partout, à chaque saison les femmes sont grosses, il en vient, il en meurt, un de plus ou de moins, regardez-les sauter dans la rivière les jours de canicule, des grappes d'enfants noirs de soleil, par milliers sur les berges du Tonlé Sap, nourris de riz et de poisson d'eau douce, notre Cambodge est si généreux.

– L'orphelinat ?

– Débordé comme le reste du pays. D'ailleurs, il n'y a plus de registres. Tout a été brûlé. On a eu trois incendies depuis sa création il y a cinquante ans, et je ne compte pas les pillages. Tout a disparu : les archives, nos registres, les photos de groupe, même les bobines de Super-8. Vous vous rappelez 1954 ? La fin des Français, la défaite de Diên Biên Phu, la conférence de Genève, puis les bombardements américains sur les régions du Sud-Cambodge, la totalité des

Occidentaux a filé à ce moment-là, administratifs et colons. Quelques-uns se sont accrochés à leurs rectangles de terre mais la guerre écrasera cette partie du monde. Après ce fut les Khmers rouges et, durant dix ans, l'occupation vietnamienne.

– Le scénario ?

– Peut-être que ce garçon est parti en Europe avec sa mère qui devait être, elle, proche d'un Français, ou d'une institution ? Ou bien elle aurait été assez riche pour payer ce qu'il fallait - en temps de guerre, l'argent sert à sauver sa peau, ce sont d'abord les pauvres qui meurent. Elle serait décédée avant leur départ, durant le voyage ou à leur arrivée en France. Il aurait été confié à l'orphelinat.

– Pas évident !

– Vous avez raison, sa présence solitaire, puisque vous me certifiez qu'il n'avait pas connu ses parents, reste une énigme. En tout cas, il y a quelqu'un derrière qui tire les ficelles. Il a dû décider de l'emmener, en utilisant la Croix-Rouge, et de s'en occuper. Cet homme devait être marié en France ou en Amérique. Un père de famille avec sa morale et son rang à tenir, pas de *concubine indigène*, n'est-ce pas, même si ce fut le cas souvent ! Attitya, comme vous l'appeliez, serait l'enfant de l'amour…

– Vu sous cet angle ! Mais il ne semblait pas que Bouk fût un métis. Foncé de peau, des cheveux noirs, des yeux ovales, très khmer.

– Plus simple, alors : de la pitié, un besoin de secourir, de sauver quelque chose. Car les Français aimaient ce pays qui sombrait dans la folie. Quoi de plus fort qu'un enfant ?

– Peut-être que mon grand-père, de son côté, avait-il voulu aider l'un de ses clients dans l'embarras ? Ou mon cousin puisque sa plantation se situait à la frontière du Viêtnam et du Cambodge ? Difficile de tracer un trait dans la jungle ! Voire un Américain, militaire ou diplomate, un *businessman.* Saint-Martin-le-Désert avait été fondé par un milliardaire des États-Unis.

– La vérité est en nous, n'est-ce pas ? Mais je vais vous dire, monsieur, en plus, cet enfant, même s'il est khmer d'apparence, est un *barang* au-dedans de lui. Il ne parle pas notre langue, il ne connaît personne, n'est lié à aucune famille, il restera un étranger pour les paysans. En France, il passait pour cambodgien ; ici, c'est un Français. Où qu'il soit, il ne sera jamais d'ici. Il est plus proche de vous que de nous !

Sonné par cette conversation, je sortis dans la cour avec monsieur Sambat. Mon hôte boitait affreusement de la jambe gauche.

– Pour l'orphelinat, suivez-moi ! Le gouvernement nous a attribué des…

Quel âge pouvait-il avoir ? Soixante-dix ans ? Je n'avais pas osé lui demander ce qu'il avait fait, lui, pour sauver sa peau d'intellectuel, « *ennemi du peuple ancien* », sous la terreur des Khmers rouges. Comment avait-il pu leur échapper ? A moins qu'il n'ait été, par survie ou conviction, l'un des leurs ? Dans ce pays martyrisé, tout homme instruit d'un certain âge était un miraculé ou un salaud. Et sa jambe abîmée ?

– A ce jour, 50 % de la population a moins de quinze ans et nous avons encore une mortalité infantile importante. Près de soixante-cinq mille d'entre eux meurent à l'année de maladies que l'on pourrait soigner si on avait les moyens.

Nous pénétrâmes dans un réfectoire où il y avait de la lumière et des rires. Les enfants se levèrent pour dire bonjour. Ils étaient en classe d'anglais. Ils portaient une chemisette blanche sur un short bleu. Dociles et souriants.

– Trois cents enfants, entre cinq et dix-sept ans. Outre l'école, nous enseignons à nos adolescents des métiers manuels, menuiserie, plomberie, mécanique, ainsi que les rudiments de l'hôtellerie. On leur dispense des cours d'informatique grâce à un programme franco-canadien. Ils possèdent aussi des biyclettes ! A leur majorité, la plupart sont sortis d'affaire, avec un bon niveau. Ils nous aident après par des dons.

Nous gagnâmes les ateliers de mécanique. Sous un hangar au toit de tôle, dix adolescents en bleu de chauffe entouraient un moteur démonté de camion Tata. Au milieu des quatre roues, le bloc-moteur était en pièces, étalé, graisseux.

– L'ambiance reste familiale. Mais nous manquons de psychologues, beaucoup de nos gosses ont des troubles de comportement. Cela ne suffit jamais.

Je lui confiai une enveloppe de riels et, dans une grande pochette en kraft, un lot de stylos et de cahiers d'école. Alors, claudiquant pour me rattraper, comme si chaque mètre supplémentaire l'accablait, monsieur Sambat ajouta pour conclure :

– Il y a bien quelqu'un qui est rentré de France dans les années quatre-vingt et s'est installé sur le Tonlé Sap, à quatre-vingts ou cent kilomètres d'ici. Une affaire de pêche. Discret. Jamais vu.

– Une piste ?

– Il y a un proverbe chez nous qui dit : « *Ce que tu trouves t'apprend ce que tu cherches.* » Bonne chance !

*

Où était Louis Noël, mon vieux Bouk des jours enfuis ? Encore une fois, ni dans l'annuaire des abonnés au téléphone de la province, ni dans les registres du consulat français, une secrétaire me l'avait confirmé obligeamment. A croire que, devenu *non-existant,* il n'était jamais consigné nulle part, jamais inscrit dans aucun registre, jamais tenu ni retenu, quantité négligeable, petit atome perdu, étoile filante – mais étoile tout de même, dont le rayonnement ne me disait pas si, à des années de moi, à des kilomètres de distance, il survivait en parallèle à mon souvenir. Intact, plus fort. Autrement.

J'avais invité le gérant de l'hôtel à prendre une bière. La terrasse en teck donnait sur la jolie piscine encombrée de plantes. Pas le goût de me baigner, non, mes histoires me lestaient par en dedans, je ne flotterais pas.

– Louis Noël ? Un Français ?

– Cambodgien d'origine.

– Pour se planquer, le coin est idéal. Qui irait vous rattraper ici ?

– Sambat m'a parlé de quelqu'un sur le Tonlé Sap...

– Faut aller voir si ce n'est pas un mirage !

Comme sur ces photos du siècle dernier qui, dans leur encadrement doré, décoraient avec goût le hall de l'hôtel, Bouk était semblable à ces silhouettes descendues des Citroën décapotables au milieu des ruines bistres d'Angkor pour en goûter le crépuscule. Qu'étaient devenus ces inconnus casqués de sureau et vêtus de blanc, qui avaient-ils été entre les séismes des guerres et le fracas des moussons ? Bientôt, leur image photographique s'effacerait sous le granité de la rouille, les pigments bus par l'humidité. Papier jauni gondolé derrière le verre fêlé. Le cadre se décrocherait du mur en se cassant.

Ce soir-là, lâchant l'hôtel et César dont le babillage m'insupportait, j'étais allé marcher en solo dans les rues, vers la rivière, les Jardins royaux et les pagodes, les ponts chaulés, les aréquiers luisant de poussière, le quartier des boîtes et des bars où se pressaient les « expat' », et j'avais poussé jusqu'à la périphérie de Siem Reap lorsque, une fois désagrégée, la cité laissait place à des champs et des diguettes à l'infini, des terrains nus et des palmiers à sucre n'appartenant à personne, déployant jusqu'à l'horizon ce damier de rizières où se dédoublait le ciel empourpré et, plus loin encore, le serpent du fleuve, la masse du Tonlé Sap. L'Asie.

Par réflexe, j'avais détaillé le visage de chaque passant comme j'avais observé chaque homme d'âge mûr dans les *call centers*, les officines de matériel informatique ouverts le soir, les concessionnaires Honda et Suzuki, les échoppes et les mini-supermarkets, cherchant quelqu'un de cinquante-cinq ans au minimum, un Cambodgien répondant au nom absurde de Louis Noël, autant dire une fiction, autant dire personne, et m'attardant exprès, posant mes questions, je m'étais laissé dévisager à mon tour par chacun afin que l'un d'entre eux puisse me reconnaître, se lève de sa chaise et délaisse son comptoir, son étal, son bureau, pour me rattraper dans le vacarme de la rue et la cohue des vélos et des mobylettes, s'écriant, mi-joyeux, mi-inquiet, dévasté :

– Lucas ? Vous êtes Lucas ? Je me souviens de la maison Boissier…

J'avais laissé mes papiers à l'hôtel, mes carnets de journaliste, remisé mes clés et mes lunettes, de même que mes dollars, mes riels, ma carte bancaire, mon passeport dans le coffre, tout ce qui me désignait comme touriste ou étranger, je ne portais rien sur moi.

D'un bon pas, j'avançais au milieu des réparateurs de vélo installés sur le bitume, des autos saisies par le crépuscule, des nasses à poissons sur les talus, des poulets et des canards dodelinant dans les ornières, des carrioles qui rentraient contre le vent, et sur lesquelles tenaient des gars hilares au crâne ras. Enfin, je bifurquai vers les champs, où la chaleur emmagasinée dressait des parois et des couloirs.

Chez un tailleur du marché couvert, j'avais acheté un pantalon de toile noire et une chemise en coton, simple et sans poche, et troqué mes chaussures contre des sandales *made in China.* Je me coiffais différemment maintenant que j'avais des cheveux plus longs. Nerveux, sans appétit depuis mon départ de France, je n'avais jamais été si mince et, à cause du soleil qui tapait fort, si mat de peau.

A l'instinct, je marchais dans la plaine d'eau du paysage khmer qui s'ouvrait, escorté puis lâché par quelques chiens errants, dépassant les derniers embrachements des dernières pistes où coagulaient sous les derniers jacquiers des scooters rafistolés et des engins chinois, et je me disais qu'avec des traits plus asiatiques j'aurais pu ressembler à Louis-Attitya Noël, ce frère de Viroflay et des jardins peignés. Quelle folie ! Au bout de cette diguette entre les rizières ou dans cette clairière où le riz séchait sur des nattes, je me persuadais aussi que ce pouvait être à son tour de me chercher, à lui de surgir, m'appelant par mon prénom. Il restait mon aîné, j'étais venu jusque-là. C'est lui qui nous avait lâchés devant la béance d'Angkor. Où se cachait-il dans ce grand décor silencieux ?

20

– Hello, je suis Fracard ! Vous avez quinze minutes de retard.

Une heure auparavant, César était passé me chercher à l'hôtel sur une Kawasaki orangée 80 cm^3. Visages emmitouflés dans un *krama* pour lutter contre la poussière fine comme du talc, nous étions montés plein nord, abandonnant Siem Reap pour Angkor Thom.

– Tu changes de moto chaque matin ?

– Selon le marché.

La route filait sur des digues et des remblais. De part et d'autre, la grande plaine déroulait ses bruns et ses ocres cuits. Rompant la monotonie, on distinguait par endroits la masse des édifices angkoriens s'extrayant de la nuit comme d'une éclipse. Quelques pistes slalomaient vers eux parmi les borassus et la broussaille. César excellait à manier son deux-roues entre creux et bosses. Devant nous, des aplats de nuit violette laissaient des flaques. Il avait plu la nuit précédente, il pleuvrait encore.

Ceint de ses douves, Angkor Vat, le « monastère », surgit enfin à notre droite : un château étrange et magnétique, crayonné dans la lumière neuve. Devant les chaussées empierrées, accroupis près des cages en osier, des gosses proposaient des moineaux captifs : contre un billet crasseux, ils les relâcheraient dans le ciel. Sous des auvents crevés d'humidité, des mendiants plus âgés guettaient leurs autocars de touristes. Des vendeurs de fruits, de cartes postales, de tee-shirts et de guides photocopiés recomptaient leurs articles. Ils harcelaient tout le monde. Une cloche de pagode résonna dans l'air tiédi qui les retint.

– On ira plutôt un soir. Encore plus saisissant, tu verras.

Nous contournâmes le site pour gagner la Porte Sud d'Angkor Thom, franchissant le pont gardé par une cohorte de génies et de démons. Derrière la muraille, il fallut glisser devant le Bayon, un temple du XIIe siècle. Composé d'écrasantes tours-visages, les larges faces en grès – le même souverain répété quatre fois sur la trentaine de tours –, pour certaines chevelues d'arbustes ou martelées de lichen, toisaient le visiteur d'un air terrible et absent. Autour, la forêt n'avait été que partiellement contenue. Elle corrodait les édifices. Un silence de sève et de décomposition absorbait tout, susurrant à qui s'y aventurait : *ne reste pas, va-t'en plus loin.*

– Ça ficherait la trouille…

– Filons au Baphuon.

On y parvint au bout d'une sente creusée d'ornières. Il fallut pousser la moto. Puis, les roues boueuses ne tournant plus, Gang l'abandonna sous un arbre et nous poursuivîmes en sautillant dans une marée de milliers de blocs carrés ou rectangulaires de grès dur, certains marqués au pochoir de chiffres et de lettres, un dallage en relief où l'herbe croissait entre les joints.

– Une grande marelle, non ?

Des ouvriers dans des capes de pluie prenaient leurs instructions auprès d'un contremaître. Des burins chantaient déjà dans l'air tiède.

Gilbert Fracard : un type dégingandé d'une quarantaine d'années en jean et en tee-shirt, portable cellulaire et talkie-walkie fixés à sa ceinture. Crâne rasé. Sourcilleux. Au pied de la colline artificielle où se dressait la pyramide à cinq étages, le Baphuon, desservie par une chaussée sur pilotis et quelques pavillons, il sirotait sa tasse de thé. Derrière lui, l'édifice écrasait le paysage de sa masse pentue. La lumière réchauffait les niveaux de pierres rouges. Ça grésillait de partout, dans les ramures, les ronces et les fourrés. La boue changeait alors de couleur.

– Enfin, vous êtes là !

L'archéologue esquissa quelque chose dans le vide. Deux auréoles de sueur marquaient ses aisselles.

– Impressionnant, non ?

Avec celle qui serait surnommée « la Montagne d'or », le roi Udayadityavarman II avait eu l'intention de recréer, au XIe siècle, le monde des dieux sur terre et de le symboliser par une imitation du mont Meru. Pas moins. Vingt-quatre mètres de haut. Des bas-reliefs exceptionnels. Un Bouddha monumental sur son flanc ouest. Trois galeries concentriques, un *linga* au sommet. Un bijou d'architecture complexe et depuis écroulée.

Sans vraiment se soucier de nous, Fracard parlait vite, avec cette rudesse des hommes de terrain. Après un topo que je dus enregistrer au magnéto, il nous invita à nous asseoir dans son bureau : une baraque en planches. Il y déplia un plan en coupe de l'édifice.

– Comme je vous l'ai dit, le Baphuon a été déposé selon la méthode de l'anastylose, technique qui a fait ses preuves, déjà utilisée à Borobudur. Notre temple-montagne a été défait pierre à pierre, afin que sa structure soit consolidée, pour être remonté sur une base neuve. Trois cent mille blocs, la plupart numérotés, ont été alignés les uns derrière les autres sur dix hectares. Mais, lors de la prise de pouvoir des Khmers rouges, la confusion effroyable qui a suivi, l'évacuation des sites, le sac de Phnom Penh en avril 1975 et celui de nos bureaux, les notes du « démontage » et le registre de numérotation ont été détruits. Catastrophe !

– Vous étiez face à un édifice dont vous ne saviez plus rien et qui s'étalait là, en miettes.

– Oui, on peut dire que nous étions comme devant un puzzle géant sous un linceul végétal. En 1995, à mon arrivée, le Baphuon ne ressemblait plus qu'à un monticule à demi étêté, éboulé sur son flanc arrière, infiltré par les ruissellements. Martyrisé par le vent, les pluies, les rayons… le temps ! Loin de la merveille dorée dont s'extasiaient les pèlerins !

– Comment avez-vous procédé ?

– Les maçons du XIe siècle « rodaient » la surface des pierres de sorte que l'une s'ajustait à l'autre, sans joint. Bref, à l'une correspondait une autre, qui en appelait une autre… Lorsqu'une pièce manquait ou qu'elle s'avérait endommagée, il fallait la retailler dans du grès amené du Phnom Kulen, comme les bâtisseurs il y a dix siècles. Il nous restait heureusement une poignée de « vieux » contremaîtres, épargnés par les Khmers rouges. Ils nous ont transmis leur savoir-faire. En plus, j'ai bénéficié de l'expérience de mes prédécesseurs, d'un recueil de photos anciennes. Et, bien sûr, de logiciels pour des modélisations.

– Aujourd'hui ?

– Voyez le résultat ! Il reste du boulot, le planning est serré. L'achèvement du Bouddha, notamment. Mais on finira par le reconstituer. Il faudra consolider les derniers étages de la pyramide. Toutefois, les scènes du *Ramayana* et du *Mahâbhârata*, qui décorent rinceaux et bas-reliefs des galeries, sont lisibles dès maintenant. Cette restauration a été une lutte contre le temps, l'effondrement, l'oubli. Une courte victoire. En plus, cette année, la mousson arrive tôt. Cela va enrayer le chantier.

Je poursuivis mon interview.

César s'était éloigné pour ses photos. Il maraudait tel un chat entre les blocs.

– Les scènes décoratives se…

– Le mieux serait plutôt d'aller voir, non ?

Fracard sortit de son bureau, nous lui emboîtâmes le pas.

– Au fait, le photographe a les autorisations du ministère ?

– Évidemment, répondit Gang avec son grand sourire.

– Ils sont si pointilleux !

– On ne serait pas venus sans.

Gang mentait. Nous n'avions rien.

Trois grues tournaient lentement au-dessus de l'édifice, tenant au bout de leur double sangle des blocs neufs. Des toupies de bétonneuse se mirent en marche. Une échelle, une passerelle, une autre encore. Dans le dédale des échafaudages, les ouvriers s'activaient.

– Faites attention, à l'ombre ça peut glisser.

Nous parvînmes après dix minutes d'efforts au dernier niveau.

La lumière tapait fort sur les gradins nus. Les pavillons secondaires s'étaient illuminés. On distinguait les bassins, le petit devant, les deux autres à gauche. De là, on embrassait toute la perfection mathématique de l'édifice : un emboîtage codé, jouant sur les vides et les volumes, les élévations et les profondeurs, avec des effets sur les masses, les perspectives. Toutes ces illusions d'optique accentuaient la sensation d'ascension. L'aspiration du ciel.

– Il y a tout un tas d'astuces pour rendre cette impression de hauteur. Notamment dans les éléments des tours, les niveaux qui diminuent progressivement.

– Qu'est-ce que c'est ?

– Ah ! Je suis content que vous ayez remarqué ce bas-relief : un joli travail, n'est-ce pas, c'est un tigre poursuivant un ermite. Parmi les scènes mythologiques gravées sur la pyramide, il y a aussi des aspects plus quotidiens. Admirez ce détail ! Ce pauvre hère, qui a vécu il y a des siècles, va se faire bouffer par un fauve ou arriver à l'amadouer, je ne sais pas. Il lève la main sur lui dans un geste autant d'apaisement que de protection.

Fracard s'était radouci. Au fond, ce n'était pas un mauvais bougre, juste un scientifique contrarié par ses budgets et ses équipes, ruminant ses délais.

– Restaurer ce temple, c'était comme chercher quelqu'un : on avait des photos et des traces mais le reste s'était effacé. Même si nous possédions son empreinte.

Nous atteignîmes le sommet à l'endroit où, parmi une douzaine de blocs en vrac, se dressait jadis le linga. Là, il n'y avait plus que l'horizon du ciel et son collier de forêt comme si, parvenu à cette hauteur, le temple s'était dissous pour laisser l'espace prendre son élan, son ampleur, nous avaler.

D'en bas montaient les cris des équipes, le chuintement des chariots et des bennes.

Assis sur ma pierre, je cherchai l'ombre inexistante. César s'était accroupi à l'asiatique, bras sur les genoux, son appareil posé à côté. Il observait une colonne de fourmis. Contournant les obstacles, elles emportaient une demi-feuille vers leur nid où elles pullulaient.

Fracard posa une main en visière sur ses sourcils. Il toussota et dit :

– Quoi qu'on fasse, elle gagne toujours.

– Qui ça ?

– Eh bien, la forêt. Toute cette humidité.

– Ce que vous entreprenez ne sert à rien ?

– On rebâtit, certes, mais pour combien de temps ? Vingt, trente ans. Il faudra recommencer un jour ou l'autre, reprendre à zéro.

Au-delà des quelques maisons sur pilotis, des flèches des temples trouant la canopée, des grands fromagers où s'accrochaient des brumes, la forêt moutonneuse nous soufflait son haleine pourrissante. Elle digérerait tout. Hier comme aujourd'hui. Puis le bruit du tonnerre parvint jusqu'à nous. Quelques gouttes larges et pesantes atteignirent les gopuras ; d'autres crépitèrent en mitraille sur les arbres qui frémirent. Au nord, la foudre s'acharnait déjà sur le ciel obscurci.

– Ça va rincer. On descend car après l'édifice va être impraticable.

Un vent chargé de feuilles et de poussière cogna contre la pile nord-est du Baphuon. La sente s'effaça sous la pluie qui redoublait. Le Baphuon était redevenu une masse opaque.

Qu'avait pu devenir Bouk ? me demandais-je avec une pointe d'angoisse. Il n'aurait pas pu m'attendre si longtemps, ici, il n'aurait pas tenu après la France. Et pourtant, il était chez lui.

Qu'importe, au fond, si son pays ne ressemblait pas à l'idée que je m'en faisais. Derrière ses images idylliques, il se révélait plus plat, plus poussiéreux, plus misérable, plus indifférent, mais aussi plus pourrissant, plus merdeux, plus royal et plus hautain que je ne l'avais soupçonné. Par instants, il recoupait mes songes de coïncidences. A d'autres, il n'était qu'une concession liquide, un décor tropical, une pièce de théâtre pour mon personnage disparu. Chaque nuit, portée par le vent du lac, la voix des forêts anciennes, des plaines d'eau et des ruines antiques montait dans ma chambre. J'y entendais ce chant suprême qui mélangeait la mort à la vie.

21

– Mieux si je m'en occupe ? Toi, ils te voient arriver de loin, m'expliqua César en hissant sur sa béquille une flambante Yamaha 125 cm^3.

Il portait ce matin-là des Paul Smith à parement violet.

– Pardon ?

– Je vais t'amener à ton gars du Tonlé Sap. Je réserverai un 4 × 4 surpuissant avec chauffeur. Plus une glacière de provisions : sandwichs, eau minérale, des fruits, des bières. Il faudra aussi une carte d'état-major, un GPS. Mais ce sera comme chercher une aiguille dans une botte de foin : en période haute, le lac fait 13 000 km^2 !

Pour tout, selon que c'était lui ou moi qui réglait, les prix variaient du simple au double. On ne faisait guère de cadeau au Blanc de passage – à chaque occasion, magasins ou officines, j'étais trait de mes dollars. Mais si mon coéquipier jouait l'intermédiaire, c'est qu'il trafiquait ensuite les factures.

Pour autant, Gang n'avait plus le moral. La production de Wong Kar-wai ne l'avait toujours pas appelé. Il gagnait du temps en dépensant le moins possible.

A la suite de notre guide Sophat – dépêché par le Centre archéologique, celui-ci s'exprimait dans un français rudimentaire –, nous avions visité et photographié le temple du Thommanon, le Ta Keo, l'inévitable Ta Phrom, les lointains Bakong et Lolei. Mais, brimbalés durant des heures, absorbés par une monotonie où la chaleur poisseuse nous harassait, l'attitude dilettante de César cassait mon allant. Il ne mettait jamais du sien, et il remontait aussi vite qu'il était descendu de la voiture, *walkman* sur les oreilles, la climatisation au maximum, échangeant ses chaussures boueuses jetées dans le coffre contre ses précieux mocassins.

Généralement, ayant laissé le 4 × 4 sur le bas-côté, après une demi-heure de marche en forêt derrière Sophat armé d'un coupe-coupe, on finissait par tomber sur un archéologue qui, au milieu d'une équipe occupée à déblayer, relevait à peine la tête sous son chapeau, bien décidé dans sa tranchée ou son *baray* à sec à ne pas livrer d'information. Le scientifique mettait de la mauvaise grâce.

– Oh ! Vous découvrirez ça dans dans les Annales du Centre, n'est-ce pas ? Ou voyez mon assistante, elle vous donnera des fiches.

Et on repartait, à demi bredouilles, n'ayant pas tout compris.

– Ils ramassent dix cailloux et gagnent du temps pour continuer à toucher leur budget. Alors, tes Cosinus élargissent leur champ d'investigation : une zone de plus, trois années de crédit supplémentaire. Et ils t'avoueraient avoir fini ?

A l'arrière, mastiquant des fruits achetés à des vendeurs ambulants, Gang se lançait ensuite dans des monologues sur le cinéma, telle ou telle star asiatique qu'il affectionnait ou avait pu photographier, les avantages de la marque Prada sur Lanvin, de Saigon sur Phnom Penh, ceux de la mousson sur la saison sèche pour draguer les filles en ville et les rejoindre chez elles, avec cette humidité dans l'air qui imprégnait tout, attisait les sens, exaltait les feuillages, rendait les plus timides terriblement câlines. Il ne redevenait aimable que sur le chemin du retour après les temples et la jungle, lorsqu'on s'arrêtait dans des gargotes. La chaleur déclinait, l'air était moins flou. Les palmiers à sucre oscillaient comme s'ils respiraient mieux. Nous aussi.

– Le pacte du voyageur ? essayait-il après deux rasades de bière. On se confie tout durant ces journées mais nos secrets restent le secret du voyage.

Nous nous étions arrêtés cette fois-là en bordure de piste, près du Baray occidental. César avait commandé quelques plats. Sophat, notre guide, nous écoutait sans parvenir à tout traduire. On parlait vite, exprès. De temps à autre, un camion chargé de grumes, dont les troncs coupés saignaient, cassait la chape du silence. Puis tout retombait au sol, le bruit et la poussière. Les moustiques réattaquaient en escadrilles voraces.

– Lorsque je suis allé la dernière fois à Singapour, il y avait à la descente du vol d'Hanoi une jeune femme qui passait la douane au même moment que moi. Blonde, la peau comme du lait, anglaise. La trentaine, de gros seins avec un semis de taches de rousseur dessus, comme du malt ! J'ai flashé. Une bouteille de vin néo-zélandais dépassait de son sac, un chardonnay, et dans le mien, parce que je me rendais chez des amis pour une fête, j'avais un graves, acheté une fortune. On s'est souri. Les douaniers faisaient du zèle. On a fini par se parler, se plaindre de la chaleur, de ce qu'elle venait faire là. Anglaise, elle travaillait dans l'export. Puis je lui ai demandé : *j'aimerais goûter votre vin.* J'ai utilisé l'expression : *share your wine.* Partager. Partager avec toi ton vin. Elle m'a répondu du tac au tac, *et moi le vôtre*. Une heure après, je l'ai déposée à son *resort* sur la baie.

– Ensuite ?

– On n'a pas arrêté durant trois jours et, bien sûr, on a sifflé les deux bouteilles. Je faisais monter des plateaux par le *room-service*. On regardait CNN à la télé, on baisait, on buvait n'importe quoi. J'avais acheté du Viagra en Chine, de la contrebande, mais ça m'a super-dopé. Elle me harcèle depuis au téléphone.

– Change de numéro !

– Trop peur de rater le-cinéaste-que-tu-sais. Voilà, l'antenne est à toi, je t'écoute.

– Rien de flamboyant, en comparaison. Je t'ai évoqué ce frère asiatique, Bouk.

– Ton frère ?

– Il n'a pas été à proprement parler un frère mais il est la raison première de ma présence ici...

– Ton histoire, Lucas, je vais te dire, elle est bancale depuis le début.

– Explique-moi pourquoi ?

La fille de la gargote déposa sous la table un serpentin dont la fumée âcre repoussait les insectes. Dans son élan, César recommanda des *ban chev*, galettes de maïs garnies de viande, de menthe et de soja.

– Écoute, si j'étais à sa place, jamais je ne serais revenu dans ce pays nase. Ils se sont entretués les Khmers rouges ! Tu suis pas les procès à la radio ? Avec la citoyenneté française, qu'est-ce qu'il allait s'emmerder. Il préfère plutôt l'Europe !

*

Nous avions travaillé sept jours de suite, sans nous arrêter, des premières heures de l'aube jusqu'à la nuit, et nous dînions tôt dans des restaurants. Là, nous avions pour règle de faire le point sur la journée et de préparer la suivante : itinéraire, sites, rendez-vous à caler avec notre guide, interviews des archéologues, prises de vues. On passait nos derniers coups de fil puis on se détendait, quitte à écluser quelques bières de trop.

Après tout, nous étions maîtres de nous-mêmes, personne ne nous attendait. La nuit phosphorescente d'étoiles paraissait immense. Et le vacarme de la ville – circulation redoublée, sonos des bars, braseros des cuisines – montait de plusieurs crans. Devant les vieux immeubles, sur de mini-tabourets installés à même le trottoir ou le bitume, les marchands s'apostrophaient, fumant des cigarettes. Des lampions et des guirlandes clignotaient dans les établissements sans vitres. Aux carrefours, le réseau en toile d'araignée entrecroisait ses fils électriques au-dessus des scooters qui démarraient en trombe.

Il ne m'avait pas échappé que lorsque l'addition était apportée par le serveur, César se crispait jusqu'à ce que je saisisse la note et, très gentleman, souffle d'une voix neutre :

– Pour moi, avec le change, c'est si peu…

Mon camarade alors se décongestionnait.

Il ne me lâchait qu'après le dîner. M'ayant déposé à l'hôtel et rendu sa liberté à Sophat, César s'évanouissait par les ruelles et les courettes. Un processus qu'il répéterait jusqu'à ce mardi soir où, attablés au Blue River Lounge, je lui tendis un piège.

C'était dans une imitation d'hacienda à la fois restaurant et école hôtelière, la meilleure adresse de la province. Elle se trouvait sur la route de l'aéroport de Siem Reap, après le musée de la Guerre où, dans l'herbe et les buissons, rouillaient des chars antédiluviens. Par acquit de conscience, nous y étions allés dans l'après-midi. Le site était sur notre route et nous projetions d'explorer Angkor Vat, en passant par la Porte Est, tous les deux dans la nuit des figuiers et des pierres, quitte à utiliser un grappin pour franchir la muraille… Au musée, sous des toits en tôle, des vitrines cassées présentaient, entre des rangées de mitrailleuses à trépied et des fusils à baïonnette, les mines utilisées. Un militaire nous soutira deux dollars pour nous dévoiler un Mig sans aile caché sous une bâche moisie. Un escabeau métallique était resté fixé, dérisoire, sous le cockpit. On reflua vers la sortie.

Depuis, deux individus nous filaient sur leur pétrolette : des gringalets dans des tenues en tergal. Obtus, accrocheurs.

– Flics ?

– Des niais qui nous prennent pour des proies, répliqua Gang.

– Tes créanciers qui s'énervent ?

Ils se garèrent à l'entrée du parking, entre deux flèches de direction peintes au sol.

Nous entrâmes sans eux. Gang filait doux, déstabilisé.

– Tant que tu seras avec moi, ils n'oseront pas, tu es blanc, ça les retient…

Dans cet établissement luxueux décoré de quelques toiles abstraites, j'avais avalé deux apéritifs, fait déboucher une bonne bouteille, et commandé ce qu'il y avait de plus dispendieux à la carte : des anguilles, une viande australienne, des fromages français, un entremets à la mangue, des mokas et une liqueur.

– On fête un anniversaire ou quoi ? m'interrogea Gang.

Cependant, à la fin du repas, alors que sa vigilance s'était assoupie, que l'alcool avait produit son effet, qu'il lorgnait sur une tige gainée aux bras trop musculeux, dotée de seins pointus, un travesti qui se tortillait derrière son Sprite au bar, je m'étais levé.

– Excuse-moi, je vais me laver les mains, dis-je.

Alors, dévalant le perron, traversant le jardin au pas de course, j'avais tout bonnement lâché mon camarade, quitté le restaurant, puis hélé la première *moto-dop* dans la rue pour qu'elle me ramène dare-dare à l'hôtel, le laissant face à la note carabinée et aux deux mecs qui n'avaient pas bougé.

Une demi-heure après, ayant pris une douche, j'avais appelé. César était rivé à son Cointreau-glace. Il avait renvoyé le travelo. Comprenant que quelque chose ne tournait plus rond, il suait dans sa chemise hawaïenne. La note le tétanisait : trois cents dollars.

Il l'avait repoussée vers mon assiette. Je n'étais plus là.

– Une nausée. Il m'a fallu revenir à l'hôtel. A cause de la chaleur et des sauces, expliquai-je au téléphone.

– Pour l'ad… plaida le photographe.

– A toi, cette fois. On annule Angkor Vat et on se voit demain à cinq heures trente ?

– Je n'ai pas assez de… Et les types dehors ?

– Je t'entends mal, l'orage arrive. *Clic.*

Par la porte-fenêtre, la nuit s'illuminait déjà de flashes géants. La rumeur s'étant amplifiée jusqu'à crever, une pluie dense et tiède se déversa sur la ville.

L'obscurité avait tout envahi, vite. L'air lui-même paraissait liquide. Sous ce chant vertical, la terre bruissait et la portion de bitume devant ma fenêtre d'hôtel sonnait comme le pont d'un navire. A quelques kilomètres, derrière leurs douves, les ruines d'Angkor devenaient impraticables. Pauvre royaume désespérant ! Pas question d'y retourner avec deux ou trois lampes-torches et d'aller prendre des photos, comme nous l'avions envisagé, sous la statue de Vishnou ! Sous ses huit bras en grès, les mèches de cheveux, laissées en offrandes dans des coupelles, avaient déjà été balayées par la pluie, poussées par le flux vers les bassins. Elles appartiendraient un jour à la boue fertile des plaines.

22

– Linh ?

– Oui… Qui est-ce ? Quelle heure est-il ?

– C'est Lucas. Écoute-moi : je t'appelle de Siem Reap, il faut que l'on recommence tout à zéro.

– Qu'est-ce qui te prend ?

– Excuse-moi, je n'ai pas pensé au décalage horaire, laisse-moi parler. Je t'ai réservé un billet électronique, tu décolles demain, tu transiteras par Bangkok. Je voudrais que tu reviennes.

– Une plaisanterie ?

– Je t'attends, tu m'aideras à trouver Bouk.

– Tu délires ? De qui parles-tu ? Je t'ai oublié Lucas. Ou-bli-é !

Il était neuf heures du matin à Siem Reap et il faisait déjà trente et un degrés. A la cafétéria du Musée archéologique, j'avais avalé coup sur coup deux *iced-cappuccino* médium dans des gobelets en polystyrène. Puis j'avais arpenté les salles, montant des étages climatisés où, dédoublés par leur reflet sur le dallage marbré, les gardiens testaient à mon passage leurs formules mécaniques :

– *Have you seen our beautiful statue on the second floor ?*

Parce que le parfum du café emplissait de son amertume les couloirs, je m'étais souvenu de ceux que nous sirotions avec Linh sur les coteaux de Montmartre (mais aussi du goût de ses lèvres sucrées, sa langue amoureuse), et je m'étais retrouvé plongé au hasard des salles dans un romantisme puéril et navré. Sans lutter, au milieu des vitrines, parmi des nagas, des apsaras et des lions-dragons, des génies à tête de singe grimaçant et des démons au profil d'oiseau, une onde de mélancolie et de détresse m'avait submergé. Oui, à des milliers de kilomètres de distance, j'étais encore hanté par cette femme. Je la désirais toujours.

Que faisait-elle en ce moment même ? me demandais-je dans la salle aux bouddhas dont plusieurs centaines, minuscules et dorés, jambes croisées en position du lotus, me toisaient du haut de leurs niches éclairées. Et si, du hall d'entrée, à côté de la librairie-carterie, je tentais d'appeler Linh de la cabine téléphonique ? Avec une carte bancaire, l'appareil se connectait au réseau international. Mais, lassé des bips et des tonalités en pointillés, je poursuivis ma visite solitaire.

Au deuxième étage, se trouvait une salle de cinéma. Sur les parois concaves, un carrousel audiovisuel déroulait, grâce à huit projecteurs synchronisés, une fresque géante et syncopée où l'histoire du Grand Empire était racontée aux visiteurs. Je m'étais installé dans cette arène d'ombre, seul sur mon coussin-galette. Toutes les six minutes, le film se réenclenchait automatiquement : la litanie des royaumes et des dynasties se réamorçait, on franchissait en quelques secondes les siècles, le fracas des conquêtes et des exodes, tous ces empires successifs…

Quelle leçon fallait-il tirer des rois khmers, Indravarman, Yasovarman, Rajendravarman, Suryavarman ? Derrière la musique wagnérienne et l'emphase du commentaire, il ne restait de leurs épopées guerrières qu'une poignée de signes illisibles sur des bas-reliefs, quelques statues votives aux épaules grignotées, la plupart des palais et des tombeaux désormais en ruines, descellés par la jungle. Même l'illustre Jayavarman VII, le plus célèbre d'entre eux, qui devait ériger plus de monuments que ses prédécesseurs, avait fini par s'amalgamer à ce brouet de noms et de titres que personne ne déchiffrait plus à l'exception de quelques épigraphistes. Son visage restant plus longtemps à l'écran, je m'étais levé pour m'approcher au plus près du monarque figé, m'incluant dans son image à l'écran, effleurant ses pommettes hautes et son chignon court et ciselé. Sous le ciseau du sculpteur, celui qui devait au XIIe siècle se libérer du joug des Chams et rendre au grand Angkor sa splendeur, paraissait immergé dans une bienheureuse méditation, libéré du tourment des jours et des hommes. Une seconde, mes mains avaient glissé sur ses paupières closes, son sourire immémorial, ses oreilles fines et longues comme des papillons ourlés. Puis, par surimpression, d'autres images s'étaient ajoutées. Comme les autres, le roi des rois avait disparu par morceaux, enseveli.

Plus tard, j'avais retrouvé la lumière du couloir et ce parfum de café qui s'estompait. César m'attendait dehors, à côté d'une flaque de lumière devant laquelle, millimètre par millimètre, il reculait. Il portait cette fois-là une chemise hawaïenne à motif de crabes. Il fumait sa cigarette, adossé à une moto russe, une Oural, avec une selle à ressorts. Il me tendit une paire de lunettes de motard.

– T'as trouvé ça où ?

– Chez un communiste reconverti dans le *business.* Avec une 250 cm^3, je sème n'importe qui…

– Y compris tes créanciers ?

– Ceux-là et tes fantômes à toi.

Il ne croyait pas si bien dire.

23

L'hôtel se vidait dès huit heures du matin. A l'aube, profitant de la relative fraîcheur, les clients s'en allaient en excursion sur le circuit des ruines, emmenés par leurs guides-chauffeurs dans des voitures particulières ou à bord de mini-autobus. Dans le hall, aux abords de la piscine comme sur la terrasse du restaurant, on n'apercevait plus que les préposés qui, armés de serpillières et de balais en fibres, entamaient leur chorégraphie mouillée sur les planchers en teck. Il faisait bon dans le jardin ; les arbres fleuris parfumaient l'haleine du vent.

Gang devait négocier une voiture tout-terrain. Comme nous l'avait suggéré le professeur Boulle, nous allions pousser jusqu'au Phnom Kulen, au nord de Siem Reap, la montagne sacrée. Depuis que les dernières factions khmères rouges l'avaient abandonné et que les environs avaient été déminés, le site était accessible. Sur ce haut plateau sillonné de cascades, la légende voulait que Jayavarman II, loin de la tutelle de Java, ait proclamé l'indépendance de ce qui deviendrait l'empire khmer, soit le début du Cambodge moderne. C'était l'an 802. Il serait *devaraja*, « dieu-roi ».

La veille, sous un ventilateur à pales qui montrait des ratés, un assistant du Centre nous avait dressé un rapide topo :

– En amont d'Angkor, cet accident géologique d'une quarantaine de kilomètres de long sur quatorze de large forme une sorte de château d'eau naturel. Les rivières qui le dévalent ont permis de bâtir un système hydraulique sur lequel s'est développé l'empire khmer, en contrebas. Vous verrez, la colline est semée de sculptures et de *linga*. Les anciens n'ont pas hésité à tailler les rochers et le lit des rivières de figures protectrices. Il fallait se concilier leur bonté puisqu'elles présidaient aux pluies, au débit dans la plaine et aux récoltes. Après un dénivelé d'environ cinq cents mètres, l'eau sanctifiée de la montagne assurait ainsi la prospérité des peuples. On compte encore une vingtaine de temples répartis sur le plateau, notamment le bassin de l'Éléphant. Sans oublier le grand bouddha dans une pagode entre les rochers.

Gang venait d'arriver. Il jonglait avec un trousseau de clés. Sa Toyota bleu pétrole était si neuve que je crus qu'elle avait été volée.

– Soixante kilomètres au compteur ! Un char d'assaut ! On passe n'importe où, même en saison des pluies.

Il fallut retirer les plastiques de protection des sièges et les tapis de sol, César y tenait, et poser ses pieds sur des cartons où figurait l'empreinte d'une chaussure.

– Je dois la rendre intacte au concessionnaire, un copain et une combine.

– Pardon ?

– Comme c'est un modèle récent, je lui ai promis que tu ferais un article sur le véhicule, en citant sa concession automobile, ajouta-t-il sans y croire une seconde.

Durant une heure, la piste en latérite traversa des rizières par centaines, des coteaux mangés par les brûlis, pour s'attaquer ensuite sur une vingtaine de kilomètres aux pentes du plateau, entre deux murailles végétales dont les branches cinglaient la carlingue.

César se montrait d'une excellente humeur. D'abord parce que son véhicule puissant, au châssis surélevé, était idéal pour ce genre d'excursion. Ensuite parce que, selon lui, il avait déjà bien travaillé sur les précédents sites. Il avait tout visionné sur son ordinateur portable : le sujet était en boîte. Le magazine serait ravi. Plus la peine qu'il s'échine, il enverrait ses fichiers haute résolution et guetterait son mandat.

– Juste deux ou trois portraits des archéos en train de commander leurs équipes. Un brin de mise en scène !

Il accéléra. Le 4 × 4 bondit en avalant la piste, dépassant ici un groupe de scooters, plus loin des charrettes de manioc.

Gang avait mis la climatisation. La radio distillait une chanson acidulée dont il reprenait en sourdine le refrain. Dans la glacière, on avait de quoi tenir un siège : des cannettes de thé, des bières, du pain frais et des nems, deux mangues.

– Tu connais la route ?

– Je sais surtout par où il ne faut pas passer. Miné, il y a pas si longtemps. A moins que tu ne préfères les mâchoires des tigres ?

Je m'assoupis. Il y avait trop de monotonie dans le paysage : une piste poussiéreuse, les mêmes hameaux où divaguaient des volailles et des porcelets, quelques baraques de forestiers, enfin la pente de la montagne aux arbres serrés qui brisaient la perspective. Baluchon à l'épaule, quelques bonzes progressaient en bordure de piste vers le Phnom Kulen. Dans le rétroviseur, je les voyais s'arrêter, nous regarder dans le nuage de latérite que soulevaient nos roues, et reprendre leur chemin, indifférents.

– Ils ne veulent pas qu'on les emmène.

De chaque côté de la voiture, les arbres glissaient de part et d'autre, le vert de leur feuillage de plus en soutenu et intense. Parfois, les feux arrière du véhicule qui montait devant nous disparaissaient. L'atmosphère était si épaisse que le son de notre moteur parvenait étouffé. A mesure que nous montions, tout devenait moite, glissant. Instable.

Deux heures plus tard, après avoir fait une pause près d'une cascade envahie de jeunes gens, dont les plus téméraires se jetaient des rochers dans la vasque, nous laissâmes la Toyota sur un terre-plein ouvert au bulldozer. Depuis, profitant de cette saignée dans la forêt, des échoppes avaient ouvert. Alignées les unes derrière les autres, elles vendaient aux pèlerins des racines médicinales, des poudres miraculeuses et de l'eau en bouteille mais aussi des animaux séchés, des insectes dans des fioles, des crocs de cochons sauvages et des pattes de félin.

Nous partîmes à l'assaut du massif où les ficus formaient une cathédrale de racines et de lianes. A couvert, même si le soleil ne nous effleurait qu'à peine, nous fûmes vite en nage. Un vague sentier zigzaguait entre les buissons figés dans la chaleur poisseuse. Le silence embué, où zézayaient des insectes, pesait sur tout. On respirait plus fort. Les jambes tiraillaient. Des choses s'affaissaient derrière le rideau d'arbres et de lianes : une branche pourrie, un fruit trop mûr. La forêt suintait et respirait sur nous.

Au bout de quelques efforts supplémentaires, nous finîmes par atteindre un éperon rocheux sur lequel nous prîmes pied. La vallée s'ouvrit sous le ciel sans nuage. A gauche, sur trente mètres, un bras de rivière s'écoulait à l'air libre avant de replonger dans le dédale vert. Là, une chaussée large de deux mètres menait jusqu'à une vasque où, ravivés par l'écoulement de l'eau, une cohorte de figures s'égrenait sur les blocs de grès. Selon la crue, le lieu disparaissait sous le niveau des eaux ou, au contraire, laissait deviner quelques fragments. Sur les faces des rochers, les artistes avaient gravé au burin des figures de dieux. La légende voulait que, loin de l'agitation de la cour d'Angkor, princes et dignitaires soient venus méditer là au milieu des cascatelles.

Il y avait d'abord sur la berge Est de la rivière deux figurines à califourchon sur le taureau Nandin, bossu tel un zébu. Puis un Shiva allongé, sa tête en appui sur sa main gauche, le regard ouvert, enfin une succession de *linga* formant des figures géométriques, et mille lotus stylisés. C'était émouvant comme un dessin d'enfant adressé à un dieu terrible. Même si l'eau et le temps avaient émoussé la finesse du trait, il restait l'émotion naïve, la ferveur religieuse.

– Saisissant, non ? Tu trouveras la même chose de l'autre côté. C'était leur façon d'honorer la générosité de la rivière : la couvrir de dieux, les immerger dans son flot.

Chaussures en main, pantalons relevés, nous traversâmes le courant bulleux où voletaient des mouches et des libellules. Sur la rive d'en face, comme au long d'une plage sablonneuse, un pavage d'une centaine de pierres rondes et de petits carrés formait une frise en relief. On aurait dit un damier magique à même la roche pentue. Selon leur taille, le niveau de l'eau et l'angle du rayonnement, ils miroitaient comme des lingots d'or, des pépites, des étincelles. D'autres, plus immergés, arboraient par en dessous un vert aquatique, presque noir. Des feuilles ajoutaient ici et là des amas, des virgules vives. Tout ensemble formait une partition où la rivière chantait.

– La pause syndicale ? cria César.

On s'assit parmi les pierres mouillées.

La cascade faisait un vacarme qui absorbait nos voix. Plus bas, chutant de quelques mètres, elle rattrapait son cours. De la buée montait comme de l'encens. La forêt bougeait autour, frémissante, habitée, avec de longues pauses de silence. Nous étions bien arrivés sur le parvis du vieux pays khmer, celui des génies et des ermites.

– Impressionnant. Et le fait de grimper jusque-là, ça ajoute au spectacle !

– Je vais prendre quelques photos et après je te montrerai un truc.

César disparut entre les bosquets, revint dix minutes plus tard tout crotté, ravi de lui, son Leica se balançant autour du cou. En l'attendant, j'avais bu une rasade de thé, pris des notes dans mon carnet, reproduisant la configuration du site.

– Là-bas, dans mon souvenir, il y a une apsara. Amène-toi !

Il nous fallut remonter encore le cours d'eau sur une centaine de mètres, grimper sur des rochers où l'eau ajoutait son miroir glissant, descendre jusqu'à mi-cuisses dans d'autres vasques puis bifurquer par un coude de la rivière. La luminosité était tombée d'un cran entre les litchis. On respirait plus difficilement ; la jungle nous étouffait.

– 98 % d'humidité, minimum !

– Si tu restes dans la rivière, tu ne crains rien.

Au revers d'un rocher, une cavité d'une trentaine de centimètres avait été creusée, à l'écart du flux où dérivaient des escadres de feuilles. Comme me l'expliqua César, elle abritait une nymphe céleste d'une cinquantaine de centimètres. Celle-ci ondulait depuis dix siècles dans l'alvéole de la pierre, le corps ceint de colliers et de fleurs de lotus, bras levés, jambes tendues, cheveux couronnés d'une tiare, dansant.

– Faut le savoir !

Mais la pierre avait été fracassée sur vingt centimètres. Le visage de la petite divinité avait été enlevé au burin !

– Des trafiquants ont cherché à la piquer pour le marché noir. La tête d'abord, c'est ce qui se revend le mieux. Et le forfait ne doit pas être si ancien : un an ou deux…

Au-dessus des deux épaules, à la naissance du cou orné d'un premier collier, on voyait nettement une incision puis les traces scélérates de reprises. En vain, les trafiquants s'étaient attaqués aux épaules, au torse, jusqu'au nombril où courait un second rang de perles. La danseuse avait résisté. Puis avait cédé sous les coups.

– Ils n'ont pas réussi à l'extraire. C'est à peine s'ils ont pu en récupérer la tête.

– Ils se sont acharnés dessus pour la punir. Ou effacer leur forfait.

L'eau suintait sur la morsure de la femme sans visage au torse à demi défoncé. Dans cinquante ans, sous l'érosion, la danseuse sacrée, celle qui charmait les dieux et attisait le désir des guerriers, ses nattes tressées roulant entre ses seins comme des serpents amoureux, ses mains déliées et délicates comme des plantes, serait redevenue un rocher lisse, une masse sans mémoire. On lui avait volé son éternité.

Gang mouilla avec délicatesse la pierre pour en raviver l'ancien dessin et tenta plusieurs photos.

– Ça ne donne plus grand-chose…

Ce n'est qu'ensuite que nous redescendîmes de la montagne aux litchis, dégringolant dans le sentier pour rejoindre le bouddha couché sur l'autre versant de la montagne.

Plus tard, dans la fumée des bâtons d'encens et la litanie des pèlerins, notre malaise ne s'était pas estompé. Nous pensions à la danseuse décapitée. Qui détenait, au fond d'un mauvais sac de jute, planqué dans une case forestière, son minuscule visage fêlé aux yeux fixes ?

24

Au bout du lac que la lumière, en de larges aplats huileux, faisait frire, on distinguait un débarcadère en planches autour duquel, entre les abrisseaux crépus de la mangrove, se pressaient des barcasses imbibées d'eau et de boue. Une petite soixantaine de maisons montées sur de grands pilotis, certaines à plus de dix mètres de hauteur, s'étageaient sur la rive. C'était un habitat nomade puisque les riverains, des pêcheurs, avaient l'habitude de démonter et de déplacer leur maison à la lisière du lac. Selon les crues, celui-ci en effet s'étendait ou se rétractait sur plusieurs kilomètres.

Deux heures de route. Puis une autre à tournicoter, de hameau en village, parlementant avec un type qui s'en allait en ville, un grand-père au milieu de ses canards, une fille en scooter. Toujours plus loin.

– Là-bas, disaient-ils en pointant du doigt le soleil.

Nous poursuivions.

Où que la voiture tournât, longeant les plaines d'eau ponctuées de palmiers graciles, les arroyos et les racs, les canaux soignés entre les talus ou les dérivations brouillonnes, on retrouvait des nuées d'enfants sur la croûte de terre brune. Entre les nasses à poissons qui, semblables à des carcasses de mini-zeppelins, lançaient au sol leur ombre irréelle, ils apparaissaient sur les digues en meutes joueuses. Des enfants à demi nus comme s'il en sortait du sol, comme s'il en pleuvait, des enfants comme Bouk l'avait été jadis, ventre sale et nez morveux, égarés, tombés de la vie en marche, jetés à la poussière, seuls sur la croûte du Tonlé Sap.

Alignés par taille et par espèce sur des tréteaux, des dizaines de milliers de poissons séchaient au grand air, puant fortement. Sorti de l'auto, je suffoquai.

– Ici ?

– C'est ce qu'ils disent.

Coûte que coûte, je voulais rencontrer ce type rentré de France il y a vingt ans, réinstallé sur le lac. Lui, peut-être ? Bouk le grand ?

César parlementa encore avec trois pêcheurs qui, adossés aux hangars de la coopérative, fumaient leur clope loin de la lumière. Un attroupement se fit autour de nous, ça riait, puis se désagrégea. Finalement, on nous dirigea vers une pagode, dont la flèche dorée perçait le ciel atone. Sur les marches, un bonze somnolait. Son bol de riz aux piments excitait l'ardeur des mouches. Il n'en avait que faire. On le réveilla.

– Qui ?

Nous ne l'intéressions pas beaucoup et il ne savait que répondre. Son attention s'était de nouveau focalisée sur un serpent. Surgi du lac, ayant rampé en diagonale à travers la berge, l'animal s'était réfugié sous les pilotis d'une dépendance du temple.

– Vous avez vu ?

La bête mesurait au moins ses deux mètres. On apercevait le bout de sa queue grise, annelée et obscène, débordant des plots de ciment.

– Un python d'eau. Grand signe de chance !

Trois gosses s'approchèrent avec des bâtons. Il respirait dans l'ombre mais ne bougeait plus. L'un d'eux finit par lui taper dessus : la chose eut un soubresaut et se replia, tuyau rembobiné, avec un sifflement vexé et pleutre.

On répéta notre question. Lassé, le moine nous indiqua une direction ; d'autres mômes nous entraînèrent alors entre les cloisons tressées, par-dessus une rigole, vers des abris à pirogue sous lesquels, fétiches noirs hissés sur des trépieds en métal, suintaient de gros moteurs Evinrude.

– Par là ?

De loin, le bonze esquissa encore un geste flou, en direction de la lisière du lac et des maisons au toit de palmes, sans l'achever. Un chien pelé nous emboîta le pas. Une vache borgne beuglait dans son cornet d'ombre. On suait abondamment dans le ronronnement des groupes électrogènes au pied des baraques.

– Il dit que ton frangin est chez lui, me traduisit Gang sans y croire.

Tout s'accéléra alors.

Je pressai le pas, je me mis même à devancer mes petits guides, à lâcher surtout César qui m'encombrait, il était maintenant de trop dans cette scène, je voulais voir et savoir, vite, sans plus attendre. Le groupe de hautes maisons sur pilotis se détachait face au lac.

– Ici ?

Déjà, ayant escaladé en quelques bonds l'échelle branlante en haut de laquelle s'était profilée une silhouette en chemise blanche, floue, mouvante, comme une apparition pâle, j'avais atteint le palier en bambou, lancé mon sac à mes pieds et tendu les mains devant moi, à l'aveugle, vers cet homme improbable qui tanguait sur ses jambes.

Tant bien que mal, celui-ci se tenait au milieu de filets mis à sécher, une grappe de gros hameçons suspendue à la paroi comme un trophée, debout parmi des bassines de couleur où dans une eau sale tournaient des poissons-appâts. Comme piqué par un taon, il s'était levé de sa banquette en skaï qu'il avait tirée sous l'auvent devant le spectacle de la mangrove, et s'était avancé à ma rencontre, de façon à me bloquer, sans comprendre mon irruption.

Il était devant moi, j'étais encore un étranger devant lui.

C'était un type bistre aux cheveux teints, plus petit que moi, tassé, traînant ses tongs, le front ravagé de rides, qui écoutait sa radio.

– Vous êtes le…

Il avait voulu me parler mais, à ce moment-là, la sonnerie d'un téléphone avait vrillé l'air derrière lui. Il s'agissait d'une émission radiophonique, du genre « la rédaction vous appelle ». A l'antenne, un auditeur venait de décrocher son téléphone, l'animateur s'excitait déjà car son interlocuteur, tiré au hasard dans l'annuaire de la province de Siem Reap, pouvait ramasser un magot, quelques dizaines de milliers de riels cash, s'il répondait juste à la question. Or, c'était une évidence pour qui aurait écouté la radio jusque-là car tout avait été déjà révélé et commenté par les invités, « *mais c'est la chaîne des Cardamomes, voyons !* ».

– Je viens de…

Mon hôte posa un doigt sur ses lèvres et se retourna. Une fois la question reposée à l'antenne, l'auditeur au bout du fil finit par répondre d'une voix hésitante, en détachant chacune de ses syllabes comprenant qu'à chacune d'entre elles il scellait un peu plus son destin. Il y eut un « blanc » assez long, un roulement de tambour, un couinement d'harmonium… suivi par une salve d'applaudissements préenregistrés. Oui, cette fois, il avait gagné !

Mon hôte bredouilla alors quelque chose en khmer. Il connaissait la réponse lui aussi et rageait de cet appel manqué. Peut-être ma simple apparition avait-elle dévié l'appel qui aurait changé son existence.

– Désolé, vraiment, je m'appelle Lucas, je suis français, et je cherche…

Pour autant, face à moi, cet homme aux jambes fines comme des allumettes n'était pas du tout le frère que je recherchais. Non, cet homme usé qui, à l'évidence, avait eu un accident cardiaque, n'était pas mon Bouk d'autrefois. De la salive mouillait sa lèvre ; ses gestes étaient cotonneux ; il paraissait tenir à peine en équilibre sur les lattes de bambou, à travers lesquelles filtrait le vent. Derrière lui, sur une table couverte d'une toile cirée, deux verres et un unique biscuit dans une assiette. Un tortillon grumeleux, sous un calendrier décoré d'une jolie fille au milieu de roseaux verts, achevait de se consumer.

Il m'invita à m'asseoir, fatigué. Il tentait de retrouver des mots en français, la plupart noyés dans sa mémoire.

– Je cherche quelqu'un qui est revenu au Cambodge, il y a plusieurs années, après une vie en France.

– Oui, bonjour, monsieur… Je vois, me répondit cet homme qui ne comprenait pas. Asseyez-vous. Bonjour, bonjour.

Derrière, dans le silence de la maison aérienne, l'auditeur avait raccroché et le poste-radio diffusait une chanson idiote. Une pirogue à moteur traversa de part en part le lac, laissant un sillage au-dessus des joncs. Du haut de la plate-forme, la mangrove ressemblait à de la mousse et du papier collé.

Mon hôte cherchait ses formules de politesse en français. Il avait l'œil gauche poché de sang ; le blanc de la cornée avait disparu.

– Thé, voulez ?

– Avec plaisir, merci.

– Lui ?

– Non, soufflai-je à César qui m'avait rattrapé.

Après quelques minutes, une jeune fille vint nous servir dans des tasses en plastique. Elle avait surgi de derrière un rideau. César encouragea le vieil homme à parler. Sa présence le mettait en confiance.

Monsieur Vannak avait vécu en France, à Pantin, jusqu'en 1980. Ouvrier-métallo. Avec ses économies, et parce qu'il avait retrouvé des parents épargnés par les Khmers rouges, il était venu se réinstaller ici. Ses dates correspondaient avec celles de Bouk, mais je m'en fichais.

– Je ne travaille plus. Mes fils, oui. Le poisson ou le serpent, la mousson. On vend des serpents aux fermes d'élevage pour nourrir les crocodiles.

– Ça rapporte ?

Un jeune type s'approcha, méfiant, derrière des lunettes de vue années cinquante. Il avait un visage aigu, barbouillé de mauvais sommeil. Des traces de sangsues sur les mollets. Nous ne l'amusions guère. Il protégeait son père de ma curiosité, de mon incongruité de Blanc. Il s'exprimerait en anglais à la place de son père, plus vite, assez expéditif. Il alluma sa clope à un briquet Zippo pour en tirer des bouffées nerveuses.

– Un dollar les cinquante. Les crocodiles aiment manger les serpents vivants. On les verse dans les bassins. Mais tout le monde ici fait pareil, à la saison humide, des milliers de gens, alors il y a moins de reptiles. La demande est forte : le cuir des crocodiles est exporté vers la Chine et Singapour.

– Tout est perturbé ?

– Oui, l'équilibre du lac. La vie sur le Tonlé, chaque animal sert l'autre.

J'avalai mon thé. Des moustiques se rapprochèrent avec avidité.

– D'autres Cambodgiens sont revenus ?

Ils se consultèrent.

– A Phnom Penh. Ici, sur Angkor, juste mon père. Ils préfèrent l'Europe. Avec argent, ils font venir la famille.

Monsieur Vannak saisit alors un éventail dont il usa avec application, signe qu'il quittait la conversation et se reconcentrait sur le spectacle du lac. Nous l'avions épuisé avec nos questions. Derrière lui, des fils électriques sortaient de la cloison. L'un d'eux, mal mis dans sa fiche cassée, grésillait. Il reposa ses yeux sur moi pour me concéder quelques secondes supplémentaires :

– Qui vous cherchez au Cambodge ?

– Un frère, un enfant adopté.

– Pas ici.

Et d'une voix pointue, comme s'il en avait eu assez de se prêter à mon jeu, il ajouta :

– Vous déjà savoir. Ici, plus rien cette époque.

– Comment ça ?

– Si argent, il reste chez vous, si pas *money*, lui pas revenir, trop honte, lui raté, ou moi connaître. Non, pas revenu !

– Mon père est très malade, il faudrait partir, coupa le fils avec rudesse.

Le vieux bougea ses jambes parcheminées et adressa un mot à sa fille. Derrière la cloison, le brouhaha de l'émission radio revint à nos oreilles et nous contraria tous. Nous nous levâmes. Le lac était alors un miroir puissant, à la réverbération insupportable, un miroir sans pli, sans rides, sans clapot.

Les lattes de bambou couinèrent sous nos pas. On reprit l'échelle. Le monde dur était en bas. La route luisait, torve. Toujours sans lui.

25

Là aussi, à soixante kilomètres de Siem Reap, dans un paysage matraqué de chaleur, il y avait eu dès le bas-côté une volée d'enfants, des garçonnets en short, dont certains vendaient de l'eau en bouteille et des friandises roulées dans des feuilles, et d'autres qui couraient après la voiture comme des chiens joyeux. Ils avaient guetté notre 4 × 4 depuis le virage et la descente de la côte et, sitôt garé en parallèle à la piste, ils nous avaient entraînés à leur suite, s'imposant d'eux-mêmes comme nos guides. Espérant quelques pièces de monnaie, ils nous avaient fait prendre à gauche, en lisière de la forêt, contournant sans état d'âme le poste de gardes, dépasser la douve et la chaussée ouest, puis à travers un éboulis, progresser en file indienne à l'intérieur des salles effondrées de Beng Mealea. Les gosses qui nous encadraient, trois devant, deux fermant la marche, se retournaient souvent, restant aux aguets, épiant chaque angle des murs et le débouché des couloirs qui foraient des trous d'ombre. Mai de qui d'autre fallait-il se jouer, sinon de nous ?

Derrière les enceintes, la broderie de pierre était couverte de mousses et de puissantes racines de cèdres, d'acajous et de fromagers qui, déroulées en volutes végétales, asphyxiaient chaque pierre comme une proie. Ici, elles culbutaient au ralenti les balustrades, lézardaient les voûtes ou éventraient lentement les toitures. Depuis dix siècles, la pénombre humide de la jungle absorbait Beng Mealea. Quelques jacassements d'oiseaux en perçaient à peine la matière figée.

J'avais déplié mon plan dans le silence des voûtes. Nous passâmes de terrasse en terrasse. Mais, plus on progressait, plus la pesanteur morbide des lieux nous contaminait. C'était la première fois que nous percevions autant d'hostilité dans une ruine, quelque chose qui susurrait : *va-t'en vite, ne reste pas.*

Le sol concassé s'était soulevé par en dessous, hérissé de blocs. Impossible de passer par là ! Tels des équilibristes, nous dûmes progresser au-dessus des galeries en grimpant sur leurs corniches à deux mètres du sol. En bas, des mouches vrombissaient, gourmandes du moindre rai de clarté. Nous finîmes par nous abriter à l'ombre des murs suintants où les dalles résonnaient. Était-ce là le centre de Beng Mealea ? Chaque plate-forme en grès égarait par sa répétition hypnotique. Dix fois, il nous parut revenir sur nos pas, prisonniers d'un rêve dont le décor se reformait sans cesse comme si, dans un jeu de miroirs, ce que nous venions de franchir se reconcrétisait devant nous, sous nos pas. Nous étions perdus. N'avions-nous pas aussi emprunté cette cour épuisée ? Et ce *gopura* n'était-il pas identique à celui que nous venions de dépasser ? Disloqué sous la poussée des racines, pris en étau par les arbres, le temple des dieux-fantômes s'effondrait sur lui-même. Il n'en restait plus que cette sorte de squelette, pris au piège à son tour. Enseveli.

Inspiré par cette atmosphère tragique, César voulut faire des photos. Il planta son trépied près d'un pilastre, cherchant à rendre dans leur perspective les « bibliothèques », ces sanctuaires d'angle où des figures accablées retournaient à la boue. Concentré sur son travail, il m'oublierait.

– Une heure de prise de vues, minimum. Si les gardiens arrivent, je leur filerai un billet.

– Je poursuis sans toi, ok.

Plus avant, on me désigna l'effigie de Brahma sur un lotus, puis celle d'Indra, très effacée, montée sur un éléphant tricéphale. Enfin, au fond de la *cella*, un rayon plus intense que les autres qui, comme un tison, trouait la pierre. L'ancienne place du dieu.

Derrière des piliers torsadés, quelque chose avait alors bougé. Un chien ou un homme en noir ? Le gosse restait sur le qui-vive.

– *This way !*

Ayant franchi de nouveau les éboulis côté sud, traversé un énième couloir qui puait la pourriture, suivi par un ultime chemin de ronde, je sortis du site par une chaussée surélevée. Le spectacle restait saisissant : au pied de la muraille étêtée, plusieurs milliers d'arbres blancs faisaient front sur un début d'esplanade. Une impression de calme, de puissance neuve, après les ruines accablées.

Je m'approchai. Ils étaient plantés selon une méthode rationnelle, c'est-à-dire de façon espacée et régulière afin que la lumière les touchât tous. Ils avaient la même taille et un tronc de couleur laiteuse. Toutefois, leur écorce pâle paraissait avoir été mâchée par un animal préhistorique ou dépecée à coups de dents en gros copeaux. On aurait cru trois mille écorchés de haute taille.

– *Sralao*, me dit le môme avant de retourner sur ses pas.

Cela me fut, moi aussi, suffisant.

Je laissai Beng Mealea se dissoudre derrière moi et avançai parmi ces arbres domestiques et la chaleur tranquille. A droite, des traces d'un charroi à buffles partaient en diagonale ; un coq beugla dans un coin ; y avait-il un village en bambous ensuite ? Le type en sarong que j'avais cru distinguer dans les ruines était réapparu. Mais ils étaient deux. Perchés sur la diguette d'une ancienne rizière, ils se chauffaient les os, les yeux mi-clos, malicieux comme des singes. La machette luisait à leur flanc. Des employés de la plantation ? Ils ne se montraient pas hostiles mais intrigués par ma présence en dehors du temple, fait inhabituel pour un touriste. Ils fumaient dans le silence de la futaie. Frappé de sigles et de logos, un panneau trilingue avertissait que la zone avait été déminée sur dix hectares grâce à des fonds européens.

– On peut aller par là ?

D'un signe de sa main, le premier répondit quelque chose comme :

– Si tu le décides…

Je m'enfonçai au milieu des arbres. Quelque chose filtrait partout dans l'air, dans l'herbe maigre, la poussière rougeâtre, qui apaisait, jusqu'au balancement des ramures couleur d'aluminium. Dans le sous-bois, la chaleur de la terre paraissait faire corps avec le paysage et la lumière. C'était un bloc invisible qui vous absorbait, vous retenait. Et, dépassant les premiers rangs d'arbres, il me sembla monter à la rencontre d'une armée figée, d'une troupe bienveillante qui m'attendait. Oui, à mesure que je progressais entre eux, me coulant parmi leurs troncs – les plus éloignés étant pris dans des volutes de brume –, c'était le pays khmer tout entier qui s'ouvrait à moi, montait jusqu'à cet horizon de montagnes découpées comme papier crépon, vers ce ciel sans tache, limpide, vibrant.

Un ressort se déclencha. Je me mis à presser mon pas puis à courir, cœur cognant, libre à mon tour dans la géographie. Tout le paysage me poussait de l'avant, mieux, il m'entraînait à lui, accentuait ma course, m'aspirant. Et, par un phénomène de dédoublement, c'était comme si je me voyais agir, poussé par une énergie nouvelle, entraîné par la rotondité du globe... Durant quelques secondes, j'eus même la sensation de n'avoir plus rien à craindre, juste à vivre pour moi, à courir où bon me semblait puisque le sol me répondrait toujours, la terre se prolongerait où que j'aille, se développant non pas indépendamment mais à partir de moi, de mon souffle, de mon déplacement physique, et je me sentais pareil à un réalisateur génial qui, où qu'il portât son regard, voyait exister son film, s'animer ses personnages, son histoire, et c'était là jusqu'à l'horizon des aréquiers, encore des rizières, toujours des palmiers à sucre, un pays continué.

Oui, à mon tour, je pouvais être aussi cette course, cette respiration, autant que cette étendue que mes pas dépliaient selon mon désir. J'appartenais bien à ce monde, j'étais partie prenante de cette impulsion, cette énergie des choses qui, en moi, resurgissait sous d'autres formes. Alors, remontés de ma mémoire, ce furent les hévéas de l'oncle Pierre, les soldats de la Bérézina, les photos en héliogravure du Papé, la fuite de mon père, Tanguy, à la poursuite de ses nuages, et puis ce dessin prémonitoire de mon carnet où un enfant cavalait « *les cheveux aux quatre vents* », tous ces espaces d'autrefois que nous traversions ensemble, Bouk et moi, entre le réel et la légende, le désir et la peur, nos vies inventées et fragiles qui me revinrent et, brassées les unes aux autres, se fondirent ensemble… Tout était lié et délié, tout me tenait et me délivrait. Non, il n'y avait jamais rien eu au bout du chemin sinon moi-même. La pluie diluvienne avait tout fait reverdir et grossi chaque cours d'eau. Les rizières miroitaient entre leurs joints de terre. Le Cambodge s'était éveillé, moite et florissant. Une touffeur humide exhalait du sol et des arbres dont je buvais la buée.

Très haut dans les cimes touchées par la

manne du soleil, des milliers d'oiseaux lancèrent alors leurs trilles, des oiseaux de petite taille, gris à bec jaune, vifs et facétieux, qui ajoutèrent aux feuillages leur orage de vie duveteuse. A travers la ramure, je n'en distinguais que la frémissante agitation mais, traversant leur territoire, une pluie de duvet vint me couvrir les épaules comme une cape de plumes. Sur ce signe, j'entrevis alors le fleuve du temps, son brassage et ses roulis... Et acceptant où qu'il me menait, j'échappai à mon ressac, marchant enfin dans la plaine libre.

26

Hilare dans la voiture ! Dès qu'il m'aperçut, il leva les bras en signe de victoire et jaillit de l'habitacle pour me cueillir sur les marches du Victoria. Il portait des Tod's en daim clair.

– J'attends plus que le billet pour Hong-Kong !

Son agent l'avait confirmé : César serait le photographe de plateau sur le film de Wong Kar-wai.

Je félicitai mon coéquipier qui me déposa à l'aéroport. On but une bière pour fêter la nouvelle. Il enchaînait ses coups de fil pour l'annoncer à ses amis, sa maîtresse, son épouse.

– Un contrat à quatre zéros !

– On se verra à Paris ?

– Pas de problème. De toute façon, je fais suivre les fichiers par Federal Express sur un mini-disque dur.

Je tournai les talons et, à son exemple, absorbé par la foule du hall, l'oubliai aussitôt. J'avais hâte de rentrer. Une autre évidence me lestait depuis l'épisode de Beng Mealea : Bouk n'était jamais revenu au Cambodge, il n'était pas « *retourné à Angkor* », c'était une formule toute faitc dc ma famille, une façon de clore la discussion. Parti loin, donc injoignable, ingrat, coupable. On passe l'éponge, basta ! Mais Louis-Bouk était resté en France. Il attendait simplement que je ne le traque plus comme un être approximatif mais veuille bien le voir comme un homme réel. Il attendait que je sois prêt, moi, pour qu'il réapparaisse. *Ce que tu trouves t'apprend ce que tu cherches.*

L'avion avait du retard, deux ou trois heures. Les haut-parleurs distillaient des informations contradictoires. La météo n'était pas clémente sur l'Asie du Sud-Est : des orages cognaient sur les montagnes et la mer de Chine. Jusqu'en Inde, le ciel serait noir d'eau et d'électricité, ébloui de syncopes blanches. Au loin, les palmiers se figeaient dans une illumination avant de replonger dans la pénombre. Le vent s'en mêlait. Tout le pays frissonnait.

Dans le terminal, pour patienter, j'avais acheté des journaux français datant d'une semaine et, afin de me débarrasser de mes riels, des chewing-gums et du poivre en grains. Devant les baies vitrées, assise sur le même siège en plastique thermomoulé orange que moi, j'avais engagé la conversation avec une compatriote. Elle avait sa correspondance à Paris pour la province.

– Je vais la louper. Pour Brest. Je prendrai le train.

– La Bretagne n'est pas si loin…

Yeux verts, cheveux blonds courts. Jolie bouche. Elle emportait un vanity-case couleur marron glacé, et dans une boîte à fenêtre une orchidée. Elle lisait *Le Choix de Sophie* de William Styron, dans l'édition Gallimard à jaquette noire.

– A chaque campagne, je m'attaque à un auteur. L'année dernière, c'était Joyce Carol Oates, j'en ai avalé huit ou neuf, et celle d'avant, un espagnol, Javier Marias, il a fait ma saison.

En tant que chirurgien, elle travaillait quatre mois à l'hôpital d'Hanoi et quatre autres à Port-au-Prince, en Haïti, pour traiter les cas les plus graves, dans le cadre d'une coopération entre établissements, sous partenariat avec un laboratoire suisse.

– J'opère le matin, à la fraîche. Et l'après-midi, je me charge de la formation de mes collègues sur le matériel le plus récent, des lasers notamment. J'ai étudié les dossiers envoyés par internet, établi à l'avance les diagnostics. On intervient par ordre décroissant d'urgence, jusqu'à vingt-cinq patients par jour. On vit en vase clos. Le soir, crevée, je rentre à l'hôtel, je dévore des bouquins, c'est ma seule respiration.

Je me figurais sa chambre anonyme, au bout d'un couloir en ciment, avcc lcs flcurs fanées, les barres vitaminées sur la table de nuit, les livres à lire classés par préférence, le ventilateur tournant sans arrêt, la bouilloire à thé, le téléviseur sur CNN en bruit de fond. Par la fenêtre, un figuier infusait dans la nuit criblée d'oiseaux. Et elle, sortant de la douche, serviette nouée sur ses cheveux, la trace de ses petits pieds bue par le carrelage tiédi.

– Je n'ai pas saisi votre spécialité ?

– Chirurgie ophtalmologique. Cataracte, iris, greffe de cornée, etc. Lasers de photo-ablation, ultrasons. Nous possédons aussi une unité itinérante, un bateau-médical, qui remonte les fleuves et soigne les gens plus isolés de la campagne. Il m'arrive d'y participer.

Entre deux missions, le docteur Claire Trélivan s'accordait quatre mois de repos chez elle, en Bretagne, dans les Abers, ou restait à Paris. Elle y possédait un minuscule appartement, rive gauche, derrière le Panthéon. Pas si loin de chez moi.

– Ma recette pour décompresser ? Y en a-t-il une ? Du chocolat, du bordeaux. Je ne suis pas contre les saint-julien, les films étrangers au

Quartier latin, et lorsque je suis à la maison, devant ma cheminée bretonne, qu'il bruine sur mes hortensias.

Cette fois, elle avait fait un stop à Angkor pour retrouver des amis.

– Quelques soirs de « bringue », comme on dit à Tahiti.

Au début, elle ne m'avait pas paru si attirante, juste efficace et structurée, avec de faux airs à la Jean Seberg. Un peu asexuée comme, souvent, par souci de protection, les membres d'ONG en mission.

Je m'étais trompé.

On avait enregistré ensemble nos bagages et, durant le vol de retour sur Paris, après une escale à Hô Chi Minh-Ville, nous étions restés côte à côte comme un couple amoureux rentrant de vacances. Nous avions parlé encore. Elle avait divorcé, n'avait pas enfant, s'était sortie d'une liaison chaotique. En tant que médecin, Claire avait trop de boulot, de stress, parfois du désarroi devant la tâche à accomplir. Elle n'en laissait rien paraître, prenant sur elle.

L'avion décolla dans le crépuscule où des éclairs rayaient les méandres du Mékong comme des coups de crayon une mauvaise copie. Par le hublot, on voyait la terre jusqu'à quatre cents kilomètres à la ronde, cette terre d'Indochine, aqueuse et saturée, cette terre basse gorgée de limon. Et l'air tremblant dans les chaleurs.

Après le dîner, nous avions prolongé notre discussion sous nos loupiotes, dans la semi-pénombre. Elle avait passé son oreiller gonflable autour du cou, comme un mini-gilet de sauvetage. Nous avions incliné nos sièges. On se tutoyait au milieu de tous ces inconnus. La plupart dormaient, épuisés, dans la nuit factice de l'appareil. J'étais allé prendre deux mignonnettes de vodka et des sachets de bretzels.

– Et toi, le Cambodge ?

Peu à peu, je lui avais évoqué Bouk. Mon histoire l'avait touchée. Elle m'avait fait préciser des détails, trouvant mon aventure heureuse, malgré sa mélancolie.

– Je t'assure, c'est pas si commun. Et puis ça relevait de la bonne volonté, de la gentillesse. Il n'y a aucune culpabilité à avoir !

Elle affichait une douceur ferme, une conscience sereine. Elle crut bon d'ajouter :

– Rien n'est plus beau que ce qu'on invente, au fond.

– Il aura été cet aîné, un frère fantastique, que je n'avais pas et qui me manquait.

Elle avait de longs bras nus. Lorsqu'elle se penchait de son siège, elle me dévoilait sans le vouloir son sein rond. Son rire m'émut et tandis que l'avion, dans sa course obstinée, traversait des nuées silencieuses, j'eus l'envie de l'embrasser et de l'étreindre comme si dans mon désir pour elle se cachait le secret à prendre, une solution possible. Dans son aura, tout me paraissait *clair*.

– Peut-être n'a-t-il pas quitté la France ? On croit qu'il faut chercher loin ce que l'on a sous les yeux.

– Parole d'ophtalmologiste !

Elle m'avait souri tendrement, semblant me dire : *la vie est une chance à saisir, Lucas, un cadeau décevant, certes, mais un cadeau quand même*.

– Essaie, au moins.

Sous nos masques lilas, nous nous étions cndormis, ma jambe gauche pressée contre sa jambe droite, son pied léger en accent circonflexe sur le mien.

Exprès, je mêlai mon souffle au sien, au-dessus d'une montagne violette.

27

Elle guettait l'autobus près de la place de la République, vers seize heures, un jeudi, le n° 56 Vincennes-Château/Porte de Clignancourt, sans montrer d'impatience.

Elle avait posé à ses pieds un sac Bensimon en papicr kraft, duquel s'échappaient trois têtes de cintres en fer et un col tricoté.

Elle s'adressait à un homme plus âgé qu'elle, habillé avec élégance, barbe courte mais déjà chauve, qui lâchait ses bouffées de cigarette dans l'air saturé de bruits et de klaxons, un homme fort et viril qui semblait sûr de lui dans sa veste écrue même si, par instants, il lançait des coups d'œil vers les immeubles Haussmann dont l'alignement des balcons accentuait la perspective. Peut-être craignait-il qu'on les découvre ?

C'est tout ce que j'ai pu voir, sauf qu'ils riaient entre eux, plutôt complices. Il lui avait glissé un mot à l'oreille, il avait pressé son bras. Sans doute sentait-elle encore son eau pamplemousse et pivoine ? Je passais en taxi dans le sens inverse sur le boulevard et, parce qu'un feu rouge nous avait arrêtés, je les observais sans qu'ils mc voient à hauteur de la rue Jouhaux. J'avais reconnu sa couette dressée comme un hennin de dame moyenageuse. Autour du cou, le *krama* offert au lac de Daumesnil, près du temple khmer.

Linh n'était pas en Guyane mais derrière la vitre du taxi.

Y était-elle seulement allée ? Ou utilisé ce subterfuge juste pour m'éloigner d'elle ?

Cette belle Eurasienne me parut être séduisante même si je ne la désirais plus. Elle était retournée à sa vie opaque, et moi à la mienne. Elle avait saisi le bras de l'inconnu dont je ne saurais jamais rien sinon qu'il aura été son amant après moi. Linh avait cessé d'exister pour moi ou plutôt j'étais devenu un autre, ce voyage m'avait changé. Linh vivait désormais une vie autonome où je n'existais plus, des heures séparées de nous, recouvertes de lierre et d'éboulis. Et moi pareil.

Je m'étais rencogné sur la banquette en cuir et laissé reprendre par la circulation, les vitres floues.

Beaucoup de choses avaient changé depuis mon retour. J'avais décroché deux reportages à faire. J'envisageais de vendre l'appartement de Bel-Air et de m'installer à Gambetta, dans le vingtième arrondissement, un grand studio sur les toits et la forêt des antennes. J'avais fixé au-dessus de mon lit la petite toile de Papa, signée Tanguy, deux nuages rosés se faisant face. Mon frère cadet, Filou, serait à Paris en fin de mois et nous nous étions promis un dîner de retrouvailles. Enfin, Claire et moi étions restés en contact. Le médecin me proposait de la rejoindre en Bretagne.

*

Le vendredi soir, elle m'attendrait parmi la foule engourdie des voyageurs du TGV Paris-Brest, sous la rotonde en béton de cette gare triste, parmi les valises à roulettes et les chariots. Claire aurait derrière elle le Jardin Kennedy, le Cours Dajot, les premières grues, les quais, la rade. Et sa vieille Ford break garée en épi, laissée par son père.

A ma demande, nous passerions devant le Cercle militaire puis, après le pont levant, côté Recouvrance, par la Corniche, où mon oncle Ronan, l'ancien d'Indochine, guettait indéfiniment son signal au-dessus du précipice, vers le goulet.

Nous bifurquerions vers sa maison en pierre, le chenal et les îles aux goémons. Un chemin tournerait à droite entre les fougères, le sien, après une clôture cabossée en bois blanc. Un bois serré de pins maritimes, beaucoup de fougères. Puis, derrière le pare brisc dc la voiture, l'arc de cercle d'une plage constellée de coquillages brisés où les vagues laissaient leur écume entre les rochers. Et aussi un canot, des casiers, deux balises, le faisceau clignotant du phare. Jusqu'à l'horizon, la fluidité du ciel et de la mer mélangés.

Un temps redevenu liquide.

28

C'est en rentrant des Abers où j'étais resté plus longtemps que prévu en compagnie de Claire, il fallait bien que j'aille travailler, que j'avais trouvé sur mon répondeur la voix cassée de Jean-Yves Masson, l'ancien pensionnaire de Saint-Martin-le-Désert rencontré quelques mois auparavant à Saint-Maur. Il n'avait pas utilisé mon portable mais, son appel s'en trouvant plus solennel, appelé sur mon fixe, à Bel-Air. Son message datait de trois jours. Un chapelet de mots. Une déflagration.

– Excusez-moi… C'est Masson, je ne sais si vous vous souvenez de moi mais j'ai obtenu des infos par d'anciens camarades, et je crois que celui que vous cherchez fréquente une galerie commerciale dans le treizième arrondissement, le quartier chinois de Paris, un bureau pour des vacances organisées, une amicale dépendant d'une pagode, je n'ai pas bien compris. Il est parfois là-bas le week-end. En espérant vous avoir été utile, au revoir monsieur, et bonne chance…

On était jeudi.

Je l'appelai pour remercier. Masson était déjà parti en vacances. Je dormis mal les nuits suivantes. Paradoxalement, alors que le dénouement approchait, tout semblait s'effondrer autour de moi. Trouvant son terme, ma quête à travers les années me paraissait désormais extravagante. Qu'est-ce que j'avais cherché de plus solide qui m'aurait rassuré ? Que savait de nous cet enfant de jadis ? Quelle part d'histoire m'ayant échappé ? A travers lui, son souvenir trafiqué, cette obsession d'enfant-roi et de prince déchu, ce n'était que moi, au fond, que je traquais dans les ressemblances, les fictions et les mensonges. Il me fallait revenir dans la réalité. Il y était…

*

Le dimanche, à dix heures du matin, j'avais longé l'Eglise Notre-Dame de Chine, l'Association philanthropique, l'ancienne voie de la Petite-Ceinture mangée d'arbres et de broussailles, puis des barres d'immeubles et le jardin Baudricourt où des mamies en veste matelassée, un bandeau de velours tiré sur leurs cheveux gris, s'adonnaient au *tai-chi* entre les sapins râpés. Enfin, j'avais traversé l'avenue d'Ivry à hauteur des Magasins Tang, dont tous les clients sortaient avec des sacs jaunes frappés d'un idéogramme rouge, pour parvenir à cette galerie, où, au terme d'un escalator incongru puisqu'il ne gravissait qu'un unique étage, des boutiques éclairées violemment proposaient des tenues en soie, du mobilier laqué, des lots de DVD importés, des massages de la face et des pieds, des sacs de riz par vingt-cinq kilos et, dans des poches en plastique, des poissons vivants.

A gauche, la galerie formant un T, j'avais accédé à un terre-plein, ponctué de kiosques à toit cornu, autour desquels des buildings d'une hauteur inhabituelle dressaient dans le ciel rosé un immense jeu de Lego. Les cris, les rebonds d'un ballon, un transistor trop fort au dixième étage résonnaient sur la dalle.

Puis tout s'était accéléré.

A la pagode des Teochews, où un groupe de fidèles serrant des bâtons d'encens s'étaient amassés devant les bouddhas en bois rouge, on m'avait indiqué un restaurant de spécialités à la vapeur dans le dédale des coursives. Ouvrant tôt, celui-ci accueillait en effet pour l'occasion des membres d'une association. Ainsi que l'indiquaient deux panneaux scotchés avec des noms de villes et de compagnies aériennes, celle-ci organisait un voyage collectif au Viêtnam et au Cambodge, à prix modiques, pour la nouvelle année. A cette heure-là, on comptait déjà une soixantaine de personnes, dont une demi-douzaine installées sur des chaises au dosseret en skaï derrière des tables en formica servant de pupitres. Ça sentait la nouille froide, le nuoc-mam et la poudre des pétards, il y avait eu une fête la veille, le gérant n'avait pas aéré.

Ceux qui faisaient la queue pour s'inscrire ou retirer des formulaires étaient tous des Asiatiques. Face à eux, les bénévoles enregistraient les inscrits et, au fur et à mesure, ils rangeaient chèques et billets de banque dans de petits coffres-forts portatifs à poignée de laiton. L'ambiance se voulait amicale. On ne faisait pas des affaires : on préparait un voyage communautaire pour les fêtes au pays.

J'étais passé de table en table, à distance, sans l'apercevoir tout de suite. Puis, par extraordinaire, à l'avant-dernière, je l'avais reconnu immédiatement à cette secousse douloureuse, presque nauséeuse, qu'il avait creusée en moi. Mon malaise me l'avait désigné : c'était lui et, en même temps, quelqu'un d'autre. Alors, d'un pas hésitant, je m'étais avancé vers ce fantôme miraculeux qui aurait pu être mon aîné, mon précédent, une invention.

Non, il n'était jamais retourné au Cambodge, il n'avait jamais remis les pieds à Angkor, pas plus qu'il n'avait construit de maison sur pilotis sur les rives du Tonlé Sap. Je l'avais cru exilé, fâché et retors, il était proche, sans ressentiment et simple. Sans doute avait-il toujours vécu en région parisienne, dans un trois pièces en location ? Il était resté là, s'inquiétant comme tout un chacun de l'augmentation des charges, des fuites dans les plafonds et du raffut des voisins dans l'escalier, un petit appartement avec vue sur la cour d'immeuble ou sur les lignes courbes d'un chemin de fer, dans l'une de ces banlieues désespérantes où, après la messe et le marché, c'est madame la Mort elle-même qui racole dans les contre-allées et retape dans les ruelles. Et ne se cachant pas puisque sachant qu'un jour ou l'autre quelqu'un de la maison Boissier le retrouverait pour conclure son histoire…

Dos à la fenêtre, la lumière du vasistas sur ses épaules comme une cape, il se tenait penché, à l'écoute d'une jeune fille dans une robe crème qui, avec peine, remplissait un formulaire de petits caractères avec un stylo Bic. Au premier abord, il était décevant, plus petit que je ne le pensais, moins impressionnant, qu'importe. Il portait un polo Lacoste carmin un peu défraîchi sur un pantalon de toile. Il paraissait encore jeune d'allure même si ses cheveux coupés court avaient blanchi, le temps avait voûté ses épaules et séché ses bras. Il n'avait plus ses joues cuivrées mais le teint grisé, un air de vieille pomme. Autour de ses yeux, le maillage des rides. Cet homme avait eu une existence modeste, attentive et soigneuse.

Il portait une alliance en or. Sa main flétrie tremblait – pour s'en cacher, il serrait fort le rebord du pupitre. Accroché au barreau de sa chaise par une laisse en cuir noir, un chien blanc, un coton de Tuléar, scrutait la pièce en tirant la langue.

Je m'étais glissé dans sa file, derrière trois personnes. J'avais patienté sans trop trahir ni mon excitation, ni cette angoisse qui m'oppressait. S'étant retournée, la dame devant moi m'avait demandé quelque chose que je n'avais pas compris ; j'avais dit oui pour m'en débarrasser ; elle m'avait tendu un mouchoir en papier. Puis j'avais senti ma gorge se serrer ; la lumière et sa silhouette s'étaient brouillées. J'avais dû faire un effort pour continuer. Plan général, plan serré. Lui, net et flou, au milieu. Je n'entendais presque plus rien, le plafond s'était abaissé de deux mètres et pesait sur mes épaules, et les fenêtres du fond n'étaient plus que des trouées phosphorescentes. Enfin, ce fut mon tour et j'avais progressé de deux pas vers son pupitre comme on délaisse la margelle d'un puits pour se jeter dans le vide en une fraction suspendue et éternelle, une fraction de temps qui n'était pas cette fois-là un unique chaînon dans les secondes mais déjà une explosion, l'amorce d'une avalanche. Un ahurissement.

– Je vou…

Il avait relevé la tête pour me saluer. Son expression s'était d'abord troublée puis aiguisée, et j'avais vu l'inquiétude accaparer ses traits à la façon d'un vent de mousson rudoyant des bambous fragiles, comme si, noyé dans quelque profondeur corallienne de sa mémoire, considéré comme perdu à jamais dans le passé, il me voyait remonter vivant d'entre ses eaux noires, reprendre souffle à la surface du présent, à croire que c'était moi le fantôme et non pas lui qui revenait, moi le nageur perdu et non pas lui qui avait vaincu la houle, nous qui l'avions abandonné à son destin et non pas lui qui s'était enfui vers le sien… Il avait plissé les yeux, une pâleur cendreuse l'avait recouvert. Nous avions tangué dans la mauvaise lumière oblique des néons et les lampions idiots où chaque seconde ralentie explosait. Nous ne savions que nous dire, nous remontions les échelons invisibles du temps, et tout en haut nous attendrions ensemble les enfants disparus de la maison Boissier que nous avions été, les enfants du dimanche, les enfants du bonheur figé et de l'angoisse, puisqu'ils gardaient le secret de nous.

– Comment s'appelle le chien ? avais-je balbutié pour tenter de casser le silence.

– Lui aussi se nomme Mozart.

Comme le chien de ma grand-mère à la maison Boissier.

Alors, attrapant sa main d'autrefois qu'il me tendait là par-dessus la table, cette main qui tremblotait en oiseau apeuré sans qu'il ne puisse rien faire pour la retenir, cette main victorieuse qui nous guidait dans nos royaumes imaginaires, cette main de roi angkorien qui avait été longtemps la clé de nos aventures, de nos histoires, de nos châteaux et de nos songes, celle-là même qui commandait aux équipages et aux armées invisibles, aux forbans de papier et aux chevaliers-c'est-toi-qui-es, aux soudards-aux-noms-féroces et aux princes-de-quelques-mots, cette main qui décidait des adieux et des hiers, des ombres, des vents et des brûlis, du vert et du pourpre des choses, cette main aujourd'hui tavelée et bleuie de veines, cette main vivante dans la mienne vivante, je lui avais juste murmuré, dans un souffle :

– C'est donc que je suis arrivé, Attitya.

Paris, 2007-2009

Composé par Nord Compo Multimédia
7, rue de Fives, 59650 Villeneuve-d'Ascq

CET OUVRAGE
A ÉTÉ ACHEVÉ D'IMPRIMER
SUR ROTO-PAGE
PAR L'IMPRIMERIE FLOCH
À MAYENNE EN FÉVRIER 2010

N° d'édition : 16.141. N° d'impression : 76058
Dépôt légal : mars 2010
Imprimé en France